最古参の新選組隊士

さんなみ一郎
SANNAMI Ichiro

文芸社

目次

花魁あがりのツネ

東の吉原、西の島原と言われる京の代表的遊郭の島原。一万三千坪に渡る敷地内には常時三百名ほどの遊女が居り、置屋、揚屋がひしめく中を大勢の客が好みの女性を求めてごった返している。周りの暗さに比べて島原の中は不夜城の如く明るい。その島原の鬼門に当たる北西隅に島原の守護神である住吉大明神が祀られている。境内に樹齢数百年と言われる大銀杏がそびえたつ。その威容は住吉神社の神力を誇示しているかのように見る人を畏怖させる。その大銀杏の道を挟んで小料理屋「讃岐」がある。店主はツネという女性であった。ツネは島原の遊女あがりである。

島原の遊女にも格があって、最も高い格が太夫で、次が天神、その次が鹿恋《かこい》という。ここまでが花魁《おいらん》と呼ばれる高級遊女である。その下は端女郎《はしじょろう》と言う一般的遊女だ。ツネは「早霧《さぎり》」と言う名の天神だった。三百人の遊女のうち太夫が十数人、天神は五十人ほどである。ツネは結構人気者だった。身請けの話もいくらでもあったが、ツネは拒み続けて年季明けまで勤め上げた。ツネには清吉という恋仲の男がいた。清吉は料理人だったから、島原の花魁と遊ぶ金など持っているわけがない。しかし清吉は、花魁にあこがれて一度でいいから遊んでみたいという望みがあった。

数年間給金を貯めてようやくの思いで揚屋の「角屋」に登楼してみた。そこで出会ったのが天神のツネだった。清吉はツネに一目惚れした。ところがツネも清吉をひと目見るなり惚れてしまったのである。緊張のあまり清吉は何もできずただツネと添い寝して天井を一晩中眺めていただけで夜が明けた。清吉は心から後悔した。あれだけ夢に見た花魁との逢瀬を台無しにしてしまったばかりか、その花魁に惚れてしまった。これからどうしたらいいのか。諦めるという気持ちはまるで湧いてこない。また会いたい。それには金が要る。今まで貯めた金は一晩で使い切った。金が貯まるまで何年かかるのか。

「花魁、もう会えへんのか、辛いわ」

清吉は絶望に頭を掻きむしりながら泣き出した。

その様子を愛おしそうに見ていたツネが、

「そんなことあらしまへん。会えますよ」

と言ったから、清吉は驚いた。

「そんなこと言うたかて、わしにはもう金があらへん。慰めはいりませんわ」

「慰めと違います。外で会えばよろしい」

「外……」

「うちには通行手形があって、それ見せたら自由に出入りできるんです。そんな長い時間はあきまへんけど、少しの時間だったら神社へお参りくらいはできますやろ」

清吉の目が輝いた。

「花魁、ほんまにええんか。わしと会うてくれるんか。そやけどその格好は目立たへんか」

ツネは吹き出して、

「あほかいな、外へ行く時はうちも普通の格好します。こんなんで歩けまへんわ」

夜明けの短い時間に清吉とツネは結ばれた。

それからお互い、ツネ命、清吉命の関係で共に寝ることはなくても心がしっかりと結びついてしまった。三年後、ツネは二十七歳で年季明けした。讃岐高松の百姓の娘で十歳の時に島原へ売られてきてはや十七年、花魁の側に従う禿《かむろ》から始まり島原の水に染まりながら天神まで上り詰めたツネは、島原に残れば遊女を統括する役職などに就けたのだが、迷うことなく清吉と夫婦になったのである。先ほどの住吉神社前で小料理屋を二人で開いた。ところが思うように客が入らない。赤字続きでため息ばかりついていた。が、その翌年の嘉永四年（一八五一年）島原が大火に襲われた。火は島原の八割を焼き尽くした。幸いツネと清吉の店は難を逃れた。大銀杏が防火の役目を果たしてくれたのである。島原は見るも無残だった。焼死者も多く出た。清吉もツネも家業を放り出して救助に当たった。毎日怪我人の手当や後片付けの手伝いをしながら被災した人たちへの炊き出しを続けた。ひと段落した頃、清吉が青い顔をして、

「ツネ、借金で首が回らんようになってきたぞ。仕入れも出来ん。もう夜逃げしかない」

「あほなこと言わんといておくれやす。こんな時のために、ちゃんと隠しておいたものがありますえ」

ツネがニタッと笑って数本の櫛やかんざしを出してきた。

「これ売ったら結構な金になりますがな」

呆然とした顔つきの清吉を尻目にツネがどこからか金を工面してきた。

「はい十両。これだけあったら仕入れできますやろ。さあ頑張りまひょ」

小料理「讃岐」が繁盛し出した。清吉とツネの献身的な活動を島原の人たちは見ていた。それと復興に携わっている大工などの職人たちが腹を満たすために讃岐へ押しかけるようになった。まるで飯場のまかない屋のような様相を呈していた。借金はあっという間に返し終わって店は黒字続きになっていった。何事も順調にいっている。が、好事魔多しというか、清吉が四年後に急死したのである。突然倒れてそのまま亡くなった。ツネは見ていられないくらい泣き叫んだ。ようやく掴んだ幸せをあっけなく奪われてしまった。「讃岐」は休業した。ツネは食事もとらず毎日放心状態で過ごした。見兼ねた常連客たちが何とか少しでもと食事をとらせたが、ツネはみるみる痩せていった。

うどん打ちの勘吾

そんなある日、戸締りした店の戸を誰かが叩いていた。

「す、すんません、す、すんません、す、すんません」

若い男の声だった。それにしても声がたどたどしく弱弱しい。奥で臥せっていたツネは何となく気になって戸を開けてみた。驚いた。若い男には違いないが、まるでボロ雑巾が立っているみたいだ。男はかなりしんどそうだった。凄まじくみすぼらしいが、刀を差しているところを見るとどうも侍のようだった。

「は、腹が減って、す、すんません。な、なんか、く、食わせて、も、もらえませんか」

男は顔を真っ赤にして、言葉に詰まりながら必死で訴えている。どうも吃音者らしい。男は十代に見える。ツネは関わるのが面倒だったので追い払おうとしたが、立っているのがやっとで今にも倒れそうな男の様子を見て無碍《むげ》にも出来ず、とりあえず家の中に招き入れた。そういうツネもやせ細ってまるで幽鬼のような顔をしている。男も同じようなやせ細った幽鬼だ。

男女の幽鬼が家の中にいる。

（なんちゅう場面や）

その状況にツネは思わず笑ってしまった。家の中にわずかに残っていた芋を料理して男に食べさせた。男はガツガツと夢中で頬張っている。そのうち食べながら涙を流し始めた。

食べ終わってもオイオイと泣いている。

（早う帰ってもらおう）

と思い、ツネが男に言おうとした途端、

「あ、あ、ありがとう、ご、ございました」

男が土間に頭を擦りつけながら突拍子もない大きな声を出した。その声の大きさになぜかツネは黙らされてしまった。ツネは男の身の上を聞いてみた。吃音でなかなか聞き取りにくかったが、聞いて行くうちにツネは驚いた。

男の名前は蟻通《ありどおし》勘吾十七歳、讃岐高松藩浪人ということだった。ツネにとって高松は故郷であり、高松という響きは切なくなるほど懐かしい。故郷が自分の家に迷い込んで来たとツネは感じた。すでに追い払おうという気持ちは失せていた。清吉の死で抜けきっていた元気が一挙に戻ってくるような感覚になっていた。しかし勘吾の成りはおそろしく汚かった。かろうじてマゲの残った頭髪はぼさぼさ、髭は伸び放題で、汚れで顔は真っ黒だった。首から下は文字どおりボロ雑巾だ。腰に差した太刀がかろうじて勘吾を武士と示していたが、その刀が妙に浮いて見えてどこか不相応だった。

　ツネは勘吾を裏庭の井戸まで連れて行き、着物や下帯まで脱がせて頭や体を洗ってやった。洗いながらツネは、勘吾の体がやせ衰えておりながらも固く締まっているのに驚かされた。かなりの剣術の修練を積んでいるのに違いないと思った。体を洗い終わった勘吾にツネは亡くなった清吉の着物を着せて、髪をきれいに梳いてやった。

（わあ、かわいい）

　あらためて勘吾を見たツネは見とれてしまった。勘吾は大人に近づこうとしている年代である。身長は五尺四寸（約一六五センチ）くらいあったが、その上の顔は童顔だった。その顔は子供のような可愛い顔をしていた。ツネはウキウキしてきた。母性本能をくすぐられたのか、勘吾の面倒を見ようと思ったのである。その日から勘吾は小料理屋「讃岐」に居ついてしまったというか、ツネが強引に住まわせてしまった。勘吾にとっては、行く当てもなく行き倒れそうになっていたところを助けてくれたのであるから大感謝である。ツネは勘吾にとって命の恩人になった。そしてツネも勘吾が来たおかげでみるみる元気になって行った。

　小料理屋を再開しようとなった時、ツネに嬉しい誤算があった。実は勘吾がうどん打ちの名人だったのである。勘吾は高松藩浪人だ。正式には父の勇之進が不始末を犯し浪人となった。勇之進の身分は足軽だったので、誰かに罪をなすりつけられたのかもしれない。勘吾は父が浪人となってから生まれた子だった。だから生まれながらにして浪人ということになる。生活は貧しかった。暮らしを立てていくためにも、勘吾は七歳から高松城下のうどん屋で働いた。うどん打ちに関しては十年の年季が入っている。勘吾は元来不器用だったが、どういうわけかうどん打ちには才能を示した。勘吾の打ったうどんは絶品として人気があった。それがなぜ京で行き倒れになろうとしていたのか。

勘吾は父の勇之進から武士の矜持《きょうじ》を守れと幼い頃からずっと言われて育った。それゆえに勘吾には武士として身を立てるという思いが確固たるものになっていた。たとえうどん打ちが上手でも、うどん屋で世を送るなどとは考えていなかった。しかし高松藩では勘吾の出番はなかった。それで両親が亡くなり、兄弟もなく親戚もいない状態になった十七歳の年に京へ出ようと決めた。

しかし、その気配を察し、危機感を感じたうどん屋のおやじに監禁同様に監視された。せっかくの稼ぎ頭に逃げられたくなかったからである。そんな監視の目を逃れ、なんとか京へ出てきた。出てきたと言うより、高松を脱出したと言ったほうが良いか。だから勘吾は刀だけは持っていたが普段の身なりのままだった。路銀はわずかである。若さゆえの無謀な行動であったが、いたってそのところは呑気だった。当てはまるでないが、京へ行けば何とかなると漠然と思ったに過ぎない。結局勘吾の熱い想いは現実に阻まれてしまった。路銀をあっという間に使い果たし、食べる物にも困る毎日になった。

こうなれば浮浪者である。武士というものは卑怯なことはしないと父親から教え込まれていたので、畑から野菜を盗むことも出来ず、結局墓地の供え物を拝借した。勘吾は心の中で、その墓に手を合わせて参れば供え物を貰っても許されるのではないかと勝手に解釈した。野宿を重ね二十日間ほどうろついた挙句、ツネの店の「讃岐」という看板が目にとまり思い切って戸を叩いたのである。ツネに拾われた勘吾はとにかく恩返しをと、小料理屋「讃岐」の手伝いをすることにした。そこで得意のうどんを打ってツネに食べて貰った。ツネはうどんを口に入れるや目を丸くした。

「勘吾、これはおいしいわあ〜」

感激したツネは客に出す料理にうどんを加えた。それからは、再開した小料理屋「讃岐」のうどんの評判がどんどん広まって行き、店は大繁盛した。以前からの常連客が、「いつ行っても入れやせんがな。何とかならへんのか」と愚痴を言ってくるくらいだ。

店の繁盛と共にツネは完全に元気を取り戻した。店は女中を数人雇い、ツネがまわしていた。勘吾は厨房でただひたすらうどんを打っていた。それでも追いつかないほど客が来た。忙しく働くことで気分が前向きになり、それと共に幽鬼のようだったツネと勘吾のやせ細っていた体は肉がついて見るからに健康そうになっていった。人間、腹が満たされて元気になれば別の欲が出て来る。ツネは勘吾を自分の弟か息子のように思い世話をしていたが、ある頃から男を意識するようになった。たらいに湯を張り勘吾の体を洗ってやることが習慣になっていたが、勘吾の体がだんだん逞しくなってきたことで性的欲求が湧いてきた。ツネは勘吾の体中を洗ってやる。若い男の体ははち切れそうなほど艶があり輝いて見える。股間を洗ってやれば男根が自然に屹立する。なんとまぶしい。勘吾もツネの指の律動に喘ぎ声が出るのを必死で我慢している。ついにお互いの情感の高まりが爆発した。たまらず勘吾がツネにしがみついた。

（待ってました）

と、ツネははっきりとは思わなかったが、気分はそのとおりで、勘吾を拭いてやり奥の間に連れて行った。布団を出すやツネは勘吾を倒し込んだ。勘吾は男根を屹立させたまま、仰向けになってツネの為すがままにされている。実は勘吾は女の経験がなかった。だからどうしたらいいかわからなかったのである。そこへいくとツネは百戦錬磨だ。ツネも興奮の極致で、舌遣い指遣いを絶妙に勘吾に施していく。

勘吾はあっというまに快楽の夢に入った。ツネの舌と指で何回も射精した。ツネはそれを見てさらに興奮した。ツネも忘我の境地だ。気が付いたら朝だった。勘吾はツネのなかで何回果てたかわからない。こうしてみると、勘吾は自分では気づかないかもしれないが絶倫の部類に入るだろう。ツネは狂喜した。なぜか仏壇の清吉にお礼を言った。それからのツネはいつも笑顔で明るかった。客たちがニヤニヤしながら、

「おかみさんよ、最近えらく機嫌がよろしいなあ」

「ええ、お客さんのおかげどすさかい」

「ふううん」

客たちは顔を見合わせて含み笑いをする。とにかくツネが元気になり店を開いてくれるのは客にとってありがたかった。勘吾のうどんは盛況のままだった。小料理屋讃岐は「うどん讃岐」に名称を変えたほどである。勘吾は毎日の生活に慣れてきた。午前三時頃に起き出してうどんを打つ。出来上がる頃には夜が明ける。ツネと一緒に朝飼を取った後は少し読書をする。これは高松にいた時からの習慣である。

その後は東本願寺へ参拝する。勘吾の家系は浄土真宗でその本山は東本願寺だった。勘吾にとってありがたいことに、住まいから徒歩で二十分くらいで行ける。勘吾は本願寺教団というより親鸞聖人が好きだった。理由はよくわからないが、幼い頃から親鸞聖人のことを親から聞かされていたせいかもしれない。どことなく親しみを感じる。だから読む本も親鸞聖人の和讃が多いが、意味はよくわからない。ただ親鸞聖人に浸っていたいという気分だったので、東本願寺の広い御影堂の畳の上で手を合わせていると、妙に落ち着いた。

武士の矜持

その後は東本願寺から店の方向に徒歩十分にある、誠心館という町道場で剣術の稽古をする。これで午前中が終わる。昼からは店の手伝いである。接客は吃音者の勘吾には苦手であるため、うどんが足りなくなりそうだったら補充のうどんを打つ。店は日没までで、夜は島原に客は流れる。大火に遭った島原は往年の勢いはないが、ほぼ半分ほどは復活してきている。客の数も戻りつつあったが、まだまだ復興中だった。店を閉めてツネと勘吾は夕餉を取る。夕餉が済むと一緒に盥の湯で行水をする。その後はお決まりの夜の営みに入る。信じられないことに毎夜なのだ。ツネと勘吾はそれを別に不思議に思っていない。絶倫どうしが当たり前のことをしているにすぎない。と言うより、ツネが勘吾に染まっていると言った方が正確か。翌朝はツネも勘吾も気力が充実しているのである。

ツネは幸せだった。

（勘吾のおかげで本当に心充ちた暮らしができる。勘吾は福の神や）

と、心から思える。

勘吾には妙な癖があった。ツネとの営みが終わった後は、ツネの乳首を口に含んで眠るのが好きだった。ツネは嫌がるどころか、勘吾に愛おしさをさらに覚えた。二人の暮らしは幸福に包まれていた。それでも勘吾は腑抜けの暮らしはしていない。武士の矜持を忘れたくなかった。どうしても武士で身を立てたいという気持ちは揺るぎはなかった。

勘吾のいう武士の矜持とは、父親から教わった武士の身分である以上卑怯なことをしてはならない、後ろを見せるな、常に潔くあれというものだった。浪人であるから暮らしの糧は自分で得なければならない。幸いうどんの打ち方が上手であるため何とか生活できている。だけどそれは食っていくための方便で、決して武士としての矜持を卑しめるものではない。いずれ武士として身を立てるための雌伏の時期だと思っている。

武士に剣術は必須だ。高松にいた頃から町道場へ通い、剣術の鍛錬は欠かさず行ってきた。京へ来てもそれは同じで誠心館の稽古を休むことはない。ただ勘吾は運動音痴というか剣術に不器用だった。いくら練習しても他の者に敵わない。敵わないというのは、いわゆる一本ときれいに決める技である。ただでさえ吃音で思うように言葉が話せないうえにどんくさい勘吾は皆から嘲笑されていた。それでも諦めずに稽古に打ち込んだ。剣術は武士として必ず必要なものと思い込んでいたからだ。誠心館の師範の有田清十郎は勘吾を馬鹿にしなかった。不器用だが常に全力で稽古する姿に好ましいものを覚えていた。ただ気の毒がった。

（これではいくら稽古してもモノにならん。それでもこれだけ懸命にやるのを見とると、どうにかしてやりたい）

　清十郎は勘吾を呼んだ。

「勘吾よ、おまえはどのような剣士になりたいんか」

　勘吾は言葉に詰まりながらも即答した。

「い、一撃であ、相手をた、た、倒す剣士で、です」

「ふむ、どうやったら一撃で倒せると思う」

「わ、わかりません。と、とにかく、け、稽古したらええと、お、思うとります」

「そうか。今のおまえでは一撃で相手にやられてしまう。ええか、今から一撃で倒すやり方を教えてやるが聞く気があるか」

　勘吾の目が輝いた。

「ぜ、ぜ、ぜ、」

　ぜひお願いしますと言いたかったが、興奮して言葉がよけい出ない。

　清十郎が勘吾に教えたのは、

「ええか、相手を一撃で倒すということは、こんな竹刀でなく真剣でなければならん。稽古には真剣を使うことはできんから、竹刀を常に真剣と思ってやれ。一撃で倒すには顔を斬るか突きだ。

相手を斬るにはどうしても動作が大きくなる。機先を制する必要がある。おまえにはその技量がない。だから突きを稽古したらよい。

おまえの稽古を見ていたら、突進力には目を見張るものがある。それを活かすんや。ええか、今から突きだけの稽古をせえ。体のどの部位でも自由自在に突く稽古をするんや。その突きもありきたりではあかんぞ。おまえの突進力を活かして体全体で突くんや。やってみい。だれか相手する者はおらんか」

「そんなら私が相手しますわ」

高弟の岡本周三が薄ら笑いを浮かべて立ち上がった。勘吾など簡単にあしらってやるという表情だ。勘吾は岡本を見ていない。必死に考え込んでいる。

(師範は体全体で突進して突け言うとったな。要するに突きと体は同じいうことかいな)

とにかくやってみようということで岡本相手に稽古を始めた。稽古というより試合形式だった。他の者たちは座って見つめている。勘吾は竹刀を正眼に構えて立った。

「きえええええっ！」

自分でも驚くほどの声が道場内に響いた。その場にいた者たちが思わずドキッとするような声だ。岡本も一瞬たじろいだがすぐ元に戻った。勘吾が突進した。岡本は勘吾の竹刀を刎ねのけた。が、岡本の体はそこになかった。後方の道場の羽目板に体をぶつけられ半ば失神状態だった。勘吾は竹刀と一緒に岡本に体当たりをしたのだ。師範の清十郎が褒めた突進力がいかんなく発揮された。勘吾も勢い余って羽目板にぶつかりひっくり返った。

(なんという力や)

清十郎は目を見張った。勘吾の剣は想像以上の破壊力を持っている。それを剣術と言うかどうかは別にして、もし真剣勝負をしたら相当手ごわいと思わされる。

「勘吾、ようやった。おまえの迫力にみんな口もきけんぞ」

清十郎が笑顔で勘吾に言った。

「あ、あ、ありがとう、ご、ございます」

勘吾の中に自信めいたものが生まれた。

(よっしゃ。突きを極めていこう。それがわしの剣法や)

勘吾の突きの稽古が始まった。密かに勘吾を馬鹿にしていた道場の連中は青くなった。最初こそ勘吾の突進と竹刀をかろうじて避けることが出来たのだが、近頃はそうもいかなくなってきた。勘吾の突進をまともに受けたら必ず失神させられる。まるで岩が飛んでくるような衝撃を受けるのである。勘吾の体力は果てしない。いつまでたっても止めようとしない。集中して稽古するものだから、突きの精度も格段に高まって来た。最近では勘吾の突きを喉に受けて一瞬失神するのだが、体当たりで羽目板にぶつけられた時の衝撃で意識を取り戻すという笑い話のようなことが起こる。勘吾は楽しくて仕方がない。反対に道場の他の者は勘吾との稽古を徹底的に避けるようになった。勘吾が近づくとみんなが逃げ出す。稽古相手がいなくなった。苦慮した師範の清十郎は、等身大の藁人形を作ってそれを相手にして突きの練習をさせた。

勘吾の稽古のとばっちりを受けたのはツネだった。夜の営みの回数が減って来たのだ。理由は明らかに昼間の勘吾の稽古の疲れだ。さすがの勘吾も昼も夜も全力という訳にはいかない。しかしそれはツネにとってもある意味朗報だった。勘吾の体力が強すぎて最近ツネも少々持て余し気味だったのだ。少し日を空けて欲しいというのが本音だった。ツネはとばっちりを受けたが、どことなくほっとしたという気分を味わっていた。それでもツネの乳首をしゃぶりながら眠る勘吾の癖は治らなかった。

(なんやねん)

昼間は武士の矜持とか意気っている勘吾は、夜は自分の乳首にしゃぶりついている。いくら母親に早く死なれたせいと言っても、この落差をどう理解したらいいのか。第一、行き倒れ寸前になって転がり込んできた体たらくは何だ。

(あほらし。考えるんも面倒くさいわ)

ツネにとって勘吾は弟であり息子であり男だった。そして住吉明神が送り込んでくれた福の神だった。ツネにとって大事な存在なのだ。夜の営みが減った分、寝物語の時間が増えた。ツネは一緒に寝ている時には勘吾の吃音がないのに気付いた。

「勘吾、あんた今は全然言葉が詰まってないでない」

ツネは二人でいる時は讃岐弁で話す。故郷に包まれているような気がするからだ。

「うん、何でやろ。おツネさんとおる時は、すらすらと言葉が出て来るんや。気張らんからやろか」

「人と話すんに、構えすぎるんやろな。緊張して余計に言葉が出て来んのやろう。ほんまに難儀やの」

「わしも他の人みたいに話したいんやけど、どうしても言葉が詰まってしまうんや。自分でもどうしようもないんや」

勘吾は物心ついた時にはすでに激しく言葉を詰まらせていた。それを近所の子らが毎日からかった。自然、勘吾は吃音を意識せざるを得なくなった。言葉を話そうとすると急に不安になる。やはり思うように話せない。心が沈む。

「何でや、何でや」

頭を掻きむしりたくなるほど辛い。悲しい。悔しい。それでも自分でどうにもならない。しかし危機感は感じる。自分で自分を貶めたら行きつくところは廃人だ。ここは考えを変えるしかない。開き直ればよいのだ。

（おれはこんな人間だ。言葉は満足に話せないがそれがどうした。結局こちらの言いたいことが伝われば良いのではないか。吃音に拘泥するより、志を実現することが最も大事なことだ）

ということである。簡単に開き直るのは難しい。けれど吃音は二の次という感覚を持ち続ければ気分は格段に変わっていく。勘吾は今までの人生で褒められたことはない。ただうどんを打つ腕はみんなに認められた。世間に認められることがこんなにうれしく達成感を得られるものとは考えもしなかった。勘吾は相変わらず吃音者のままだが、それを隠そうとはしなくなった。うどん打ちを認められたことで自分の将来性に光を見たような気がした。気が付いたらウジウジしている自分を叱咤して、とにかく行動することだと思った。

妙なことでツネの世話になり、敬愛する親鸞聖人の本山の東本願寺へ毎日参ることが出来て、誠心館で己を活かした剣法を教えて貰った。何か良い方向へ自分の人生が向かっているような気がして、一日も早く志を遂げたいという気持ちに大いに前向きになれている。ツネとの寝物語で勘吾が語ったことは以上のことである。聞いているツネは穏やかでない。勘吾が何かの拍子にここを出ていくのではないかと思った時、急に焦燥感に苛まれた。

（つまらんこと言いやすなあ。勘吾は、いつまでもうちのもんや。よそなんぞに行かさしまへん）

ツネが勘吾の横顔を睨んでいたかと思うと、やにわに勘吾の上に覆いかぶさった。あっという間に勘吾を全裸にして、ありったけの技を使って勘吾を忘我の境地に誘い込んだ。勘吾にしても今はツネの体無しでは毎日の暮らしは考えられない。ツネの元を去るつもりは毛頭ないのである。まだまだ勘吾は雌伏の時期を過ごさなければならない。

尊王攘夷運動

時代は幕末の動乱期に入ろうとしていた。

ペリーの砲艦外交で閉ざされた日本の門は無理やりこじ開けられた。日本中に攘夷志士が群り出てきた。この頃は尊王攘夷を声高に叫ぶ水戸藩の烈公徳川斉昭《なりあき》が全国志士らに求心力を持った。勘吾の暮らす京はまだ平穏だった。勘吾はいつもの生活だった。相変わらず誠心館での稽古に励んでいた。その誠心館で少し変化が起きつつある。演説調で攘夷論を振りかざす者がちらほら出てきたのだ。道場にいるからその連中の言葉は嫌でも勘吾の耳に入ってくる。どうも連中の言うことは、今こそ天皇を中心とした挙国一致の体制を作り、外敵に当たらなければならないということらしい。

(ほお、それで自分らは何をしようと言うんや)

気分はよくわかる。勘吾も外国からの脅威には立ち上がらなければならないと思っているが、気持ちよく演説している者らは単なる浪人であり、何の伝手《つて》もないその日暮らしの連中なのだ。連中の言葉は観念論を出ない。具体的なことは何も考えていないようだ。

(何か酔っぱらいの憂さ晴らしみたいや)

勘吾は興覚めがしてさっさとツネのいる店に戻った。店の中庭には例の等身大の藁人形が据え付けられている。勘吾はその藁人形を相手に突きの稽古をする。当初はぶつかればよいと思っていたが、それだけでは思うような部位を突けない。どうしてもそれてしまう。全身で突くのは良いが、闇雲ではいけない。やはり腰を据えなければならない。そうすれば安定した突進力が得られる。狙ったところを正確に突けるようになる。勘吾はそのことがうまく出来だした時、何とも言えない満足感が湧いてきた。いっそう一人稽古に励むようになった。時々ツネの罵声が店の中から飛んだ。

「勘吾、何しとん。うどんが足りんがな、はよ作らんか。客を待たすあほがあるかいな」

それを合図に勘吾は慌ててうどんを打つのである。このようにしてツネと勘吾の日常は世の中の尊王攘夷運動と関係なく、いつものように過ぎていく。

勘吾がツネと生活を始めて四年後の安政五年(一八五八年)日米修好通商条約が大老井伊直弼

によって結ばれた。この条約が無勅許だったことが尊王攘夷志士らに憤激と口実を与えた。また外国人が日本に上陸することを極度に嫌う孝明天皇が条約の締結を激しく怒り、密勅を水戸藩へ下した。いわゆる「戊午《ぼご》の密勅」である。この密勅はこの後幕末の抗争、流血の原因となる。内容は過激だった。言わんとすることは、水戸藩が中心となって幕府を転覆させようということだった。大老井伊直弼は水戸藩に密勅の返納を求めた。

返納を渋る水戸藩に業を煮やした直弼は強硬手段を取った。「安政の大獄」である。実は水戸藩内でも密勅の返納をめぐって激派と穏健派の対立が大きくなり、結果退けられた激派の面々は脱藩した。この連中が桜田門外で井伊直弼を暗殺するのである。幕府は最大限の衝撃を受け狼狽しきりだった。この様子を見ていた全国の尊攘志士たちは、天誅名目の暗殺が想像以上に効果のあることがわかった。これ以前にも横浜の外国人居住区で異人斬りが起こっていたが、さらに同場所での攘夷のテロが吹き荒れることになった。それとともに舞台は次第に御所のある京へと移って行った。全国から尊王攘夷派の志士が朝廷のおひざ元へ集まるようになった。

孝明天皇が条約締結に激怒した結果、幕府寄りの関白九条尚忠《ひさただ》を遠ざけた。公家の中での佐幕派への風当たりが強くなった。必然、尊王攘夷派が台頭する。公家も佐幕派と尊攘派に分かれた。どちらかと言えば尊攘派が多い。尊攘派の公家は下級の者らがほとんどであった。要するに朝廷内の権力争いなのである。公家は厳然とした階級があって、下級の公家は今までは上に登ろうとしても太刀打ちできなかった。尊王攘夷運動で思わぬ絶好の機会が訪れたという訳である。天皇を頂点とした挙国一致の体制をつくる。そう思っただけでも胸が高鳴る。自分も権力の一端を握れるかもしれない。だからと言って体制の具体的内容は考えたこともない。熱だけがほとばしっているのだが、これは往々にして無視できない動きだった。

この頃に「公武合体論」が出て来る。幕府は対立する朝廷との融和を考え、朝廷はもし内戦になれば外国の侵略を招くとして互いが歩み寄った。朝廷側は通商条約の破棄を条件に皇女和宮《かずのみや》の降嫁を認めるとし、幕府は今から十年のうちに通商条約を破棄するか、軍備を充実させて外国船を打ち払うと空約束をした。とりあえずは朝廷と幕府の妥協がなったということだが、圧倒的に軍事力を保持しているはずの幕府が朝廷の顔色を窺わなければならなかったという現実は、幕権の衰頽《すいたい》を天下に示したことになった。

その後に「航海遠略策」を持って登場したのが長州藩だった。長州藩重臣の長井雅楽《うた》による航海遠略策とは、朝廷から幕府に、開国して武威を示せと命令すれば朝廷と幕府の上下関係が明確になるし、その結果挙国一致が実現して海外展開し我が国は富国となれるといったもので、どこか明治時代の富国強兵策に通じるものがあった。これに対して朝廷も幕府も歓迎の意を示した。外国に対して頑迷な孝明天皇も開国の良い面に気づかれて軟化されたという。結局、長井の意見は開国論であった。

これに猛然と反発したのが久坂玄瑞《げんずい》を筆頭にした吉田松陰門下で、彼らを中心とする尊王攘夷集団だった。猛烈な抗議活動や朝廷工作の結果、一旦は藩論とされていた航海遠略策は長州藩から退けられた。朝廷も態度を変え、意見を取り上げることを止めた。長井の策はごく自然のまともなものだったのに、長井は切腹させられる。無理な横やりでとばっちりを受けて命まで奪われてしまった。理不尽と思われても時代の熱気や勢いに流されるという状況は不気味なものがある。皮肉にも長井のおかげで長州藩の尊攘派と朝廷の尊攘派公家との連携が出来た。この関係が幕末を大きく動かしていく。

「何か世間が騒がしうなってきたのう」

今日も勘吾はツネと寝物語をしている。

「そうやのう、最近は妙に顔つきの悪い浪人みたいな人がうろつき始めた。何やのあの人らは」

「攘夷言うてな、外国人が来たら斬り捨てると息巻いておる奴や」

「あほらし。京にそんな外国人はおらんがな。おるところでやったらええのに。そういや島原の揚屋も嘆いとったな。口ばっかり達者な、ガラの悪い浪人風情がよう来るようになったらしいで」

「まあ世の中が乱れてきたんは、わしでもわかるわ。誠心館で聞いたんやが、大老の井伊の殿様が浪人らに殺されたんやそうや。そんなこと今まで起こったことがないし、第一、幕府の一番偉い人がそんな死に方するか。嘘に違いないと何回も聞いたんやが、間違いないということや。わしにもそのうちええ機会がもうてきそうや」

吃音もなく饒舌に話していた勘吾の口が急に塞がれた。ツネの唇が合わさっていた。

（あっ、しまった）

と思ったがもう遅い。ツネの目が光っている。

ツネの元を去るという雰囲気でも匂わせたら、ツネの攻撃に遭う。出ていくなど思ってもいないから、勘吾は不用意に話す。そのたびにツネを怒らせて、花魁あがりのツネの秘技と言うべき性技を思い切り施される。寝物語をする時の勘吾は営みを避けたい時なので、気持ちは良いのだがどこか拷問めいたものに思える。しかしそれは贅沢な悩みである。勘吾はツネが好きで仕方がない。

（幸せなんやけどなあ）

ツネに襲われた時だけは気分が複雑だった。

殺戮の京都

元号が文久元年（一八六一年）に変わった。京の町にいかがわしい浪人が目立つようになって来た。口を開けば「攘夷、攘夷」と唱えているが、目つきが悪くぞんざいでどこか軽薄である。勘吾は、志士というのは国を守るという高邁な理想を掲げて行動している人のことだと思っている。当然それは事を為そうとする気迫に溢れているはずである。そのような人もいるのだろうが、今のところそう感じさせてくれる人に会ったことはない。

事実、京には「攘夷志士」と名乗る者たちがなだれ込み、あちこちで議論が沸騰していた。大体において観念論だが、観念論だけに極度に急進的攘夷論になって行く。そんな空気が京の都を覆い始めている。その空気というか雰囲気は、往々にして実体を伴うことがあるから油断が出来ない。この前年には「安政の大獄」で処分された人たちが赦《ゆる》されて復権した。しかし尊攘派にとって大獄の恨みは募っていた。

反幕府的感情はますます燃え盛っている。さらにまずいことに、外国との貿易の利益は幕府が独占し、物が品薄になり物価が跳ね上がって庶民の暮らしを痛撃した。幕府は庶民からも恨みを買った。それらのことを基底として尊攘活動は過激度を増していくのである。

文久二年（一八六二年）に京はテロの嵐に見舞われた。孝明天皇に遠ざけられても何とか持ちこたえていた佐幕派の関白九条尚忠が辞職に追い込まれ、その後謹慎となり出家せざるを得なくなった。尊攘志士の皮を被ったテロリストたちの勢いが増した。九条尚忠の家令の島田左近が暗殺され、首が四条河原に晒された。また同じ九条尚忠の家臣宇郷重国が暗殺され、首は松原河原に晒された。さらに幕府方探索として暗躍した目明しの文吉が絞殺されて、遺体は三条河原に晒された。

朝廷内は激しく動揺した。急進的公卿らにより、和宮降嫁を推した公卿の岩倉具視《ともみ》、千種有文《ありふみ》、富小路敬直《ひろなお》、久我建通《たけみち》と女官の今城重子、堀河紀子らは四奸二嬪と弾劾され宮中を追われた。朝廷内は長州藩の工作が一挙に進み、急進的公卿らにより占領されてしまったのである。

佐幕派の公卿たちは何も言えず首をすくめているだけだった。この頃になると討幕思想が芽生えていた。思想的中心が真木和泉である。真木は久留米水天宮の神主で、久留米藩から幽閉されていたのを脱出して京へ来た。その尊王討幕思想は、真木の周りに有馬新七（薩摩藩）、平野国臣（筑前藩）、久坂玄瑞（長州藩）が集まりクーデターの謀議をするようになった。最初に九条尚忠と京都所司代酒井忠義を標的にした。京都所司代は京の治安を守る役目の部署のはずだが、酒井は危険を感じて何と二条城へ逃げ込んでしまったのである。これくらいどうしようもなくテ口に対抗することが出来なくなっており、京の警察機能は崩壊していた。

所司代の酒井が勝手に逃げたため、配下の与力、同心たちは右往左往していた。そこへ暗殺団が襲ったのである。土佐勤皇党十二人（武市半平太指揮）、長州藩士十人（久坂玄瑞指揮）、薩摩藩数名が京都町奉行与力渡辺金三郎、上田助之丞、森孫六、大河原十蔵の四名を斬殺した。首は粟田口に晒した。京の都は無政府状態となり、住民の不安は頂点に達した。あちらこちらで事件の噂を囁き合った。ツネの店も例外ではない。客が寄るとすぐテロの話になった。

「所司代は逃げる、配下は殺されるでは誰が京を守るんや。無茶苦茶なことが起こっとる。わしらは安心して暮らせへんがな」

誠心館でも同様だが、こちらはテロに賛同する者が結構いる。尊王攘夷に浮かれる者たちだ。勘吾は嫌気がさして誠心館へ行くことを止めた。

（何が尊王攘夷や。単にごろつきの殺人集団が暴れとるだけやないか。ほんまに大きな迷惑や。早く安心して暮らせる町にならんといかんわい）

勘吾は誰が事件を起こしているのかは知らない。しかし尊攘志士だと大きな声で名乗って商家に押しかけ、金を脅し取る輩を目撃したことがある。最近同様のことをやらかす浪人が増えているとのことだった。

（志士というのは、ゆすりたかりの別名のことか、何とも情けないのう）

勘吾は志士というものに心から幻滅した。

ある日、ツネの店に年配の武士が入って来た。あたりを睥睨《へいげい》するするどい眼光は静かに周りを圧した。ツネも他の客も黙り込んでしまった。勘吾も厨房にいた。武士はうどんを注文して腰掛に座った。妙な静寂が流れる。

「京は不穏じゃな。変な目をした連中がうろついておる。天誅と言う名目の殺人がよく起きているそうな。暮らしも大変だな」

店の中にいた者たちは自然にその武士に引き付けられる。武士はうどんをうまそうにほおばってから、やにわに演説を始めた。勘吾はまた薄っぺらい尊攘志士とかいう奴かと思ったが、武士は攘夷を徹底的に非難し始めた。

「今、我が国は外圧でうろたえている。夷狄《いてき》を打ち払えというのは勇ましく響いて結構なことだが、はっきり言って我が国は外国とは勝負にならん。一人や二人異人を斬ったとて何になる。かえって侵略の口実を与えるだけではないか。考えてみよ。外国から大砲付きの鉄鋼船に乗って万里の波濤をこえて我が国にやってくるのだぞ。我が国にそんなことが出来るか。出来はしない。技術の力の差は歴然としている。武器も性能が全く違う。そんな外国に太刀打ちできるか。ではどうするか……。

国を開いて外国の進んだ技術を習得して、我が国の軍事力を対等にまで持っていくことが急務だ。それには国の内で争って外国に付け入るスキを与えるよりも、公武合体で挙国一致の体制を作ることが大事なのだ。わかるか」

勘吾は聞き入った。ごく自然にわが身に入ってくる。この武士の言うことこそ挙国一致の体制を作れるのではないか。天皇を中心とした国づくりが出来るのではないか。テロでわざわざ問題を引き起こすよりずっと現実的だと思う。勘吾はやっとまともな志士に会った気がした。この志士は尊王で開国派だ。勘吾はこれこそまともな考えだと思った。ツネが、

「御武家様の名は何とお言いやす」

と聞いた。武士は、

「わしか、わしは松代藩の佐久間と申す」

佐久間象山である。幕末の天才と呼ばれ奇人とも呼ばれる。儒学者であり洋学者である。象山が開いた砲術や兵学を教える五月塾には、吉田松陰や勝海舟などが門人となっている。象山の妻順子は勝海舟の妹になる。象山はこの一年後、人斬り彦斎と呼ばれた肥後藩士河上彦斎から西洋かぶれだとして暗殺される。時代は勘吾にとって理不尽に回転している。

文久二年（一八六二年）十二月末、無法地帯と化した都に京都守護職として松平容保《かたもり》が会津兵千人と共に入って来た。京の住民は歓呼の声で迎えた。テロに怯える住民たちは正直安堵の胸を撫でおろした。しかしあざ笑うかのようにテロが続出する。幕府方の儒学者で朝廷工作を行って

いた池内大学が大坂で暗殺されて両耳を切り落とされた。その耳は議奏《ぎそう》の正親町三条実愛邸と中山忠能邸に脅迫状とともに投げ込まれた。

「議奏を辞めなければこの耳のようになる」

との脅迫と殺人予告だった。両名とも直ちに辞任した。また公卿千種家の家臣賀川肇が斬殺されて、その首は将軍後見職一橋慶喜の宿舎である東本願寺の門前に置かれた。続いて千種家に出入りしていた百姓惣助が殺されて土佐藩邸の塀に投げられた。公武合体派への脅迫である。会津藩の取り締まりの隙をついての犯行だった。

「卑怯な奴らや。あんな奴らは武士の皮を被った糞虫じゃ」

ツネとの寝物語で勘吾は憤った。

「そうや、勘吾は武士やけん許せんわな」

ツネは調子よく相槌を打つ。勘吾が心を許して胸の内を話すのはツネしかいないのを十分承知している。憤りというか愚痴をツネに受け止めてもらうことで、勘吾は安心するのである。

ツネの死

年が明けた文久三年（一八六三年）、勘吾は浪士募集の話を町で聞いた。誠心館の元同僚と町中で偶然出会ったのである。

「おいおい聞いたか、隊士を募集しておるらしいぞ」

その元同僚は勘吾が黙っているのを気にせず一方的に話す。興奮しているらしい。それによると会津藩御預かりの「壬生《みぶ》浪士組」というのが出来、隊士を京と大坂で募集しており、主に町道場を訪ねて話を持ち掛けているらしい。誠心館にも最近来たと言う。壬生浪士組の任務は主に京市中の治安を守ることで、近々将軍が上京するのでその警護に当たるというものだ。採用されれば当然に給金が出る。日々の暮らしに窮している浪人にとってはまたとない話だ。仕官という訳ではないが武士としての職にありつける。と大体こんな話だった。勘吾は首を捻った。

（何で京の治安維持に浪士隊なんじゃ）

まず会津藩士千人がおるではないか。将軍警護に浪士が就くなどと聞いたことがない。第一旗本がおるではないか。どうして京の治安や将軍警護に浪士が必要なんだ。勘吾は少し興味を持ったものの、もう一つ腑に落ちなかった。

その夜、ツネとの寝物語に浪士募集の話をした。途端ツネの目が光った。

（な、なんじゃあ）

勘吾がうろたえた。この目をしたツネの次の行動が決まっているからだ。花魁仕込みの技が始まった。

（何か変なこと言うたかいな）

勘吾は訳のわからないまますぐ忘我の境地にされていった。ツネは執拗だった。勘吾がそう遠くないうちに離れて行ってしまうと感じたからだ。勘吾の今夜の寝物語は具体的だった。もし勘吾が募集に応じたら、この家を出て行ってしまう。今のところその話を疑問に感じているらしいからすぐということにはならないだろうが、勘吾が自分の前からいなくなる時期は近いと思ったのだ。

（そんなことになったら、うちは気い狂うてしまう。絶対そんなことさせへんでえ）

ツネは勘吾へ愛撫を繰り返し続けた。

しかしその時は早々と訪れた。ツネがごろつき侍に斬殺されたのである。初めて店に来た目つきの悪い浪人が、代金を支払わずにツケを要求した。

「あきまへん。お侍さんがどこの誰かわからへんのにツケはできまへん。代金払うておくれやす。

食い逃げは許しまへん」

と、ツネは毅然と言い放った。浪人は怒った。

「天下の攘夷志士を食い逃げと愚弄するか。許さん！」

と、刀を抜きツネを袈裟掛けに斬り捨てた。浪人は脱兎のごとく逃げ去ってしまった。結局どこの誰か周りにいた人たちには全く見覚えのない顔だった。ツネは即死だった。勘吾は外出して店にはいなかった。店に帰って来た勘吾は棒立ちになった。現実がよく呑み込めない。

「お、おツネさん、こ、こんなと、ところでね、寝たら、い、いかんがな」

間抜けなことを言い始め、血の海に倒れているツネを抱き起した。勘吾の腕と着物は血で真っ赤に染まった。奥の部屋に寝かしつけ、

「ち、血を、ふ、拭かな、い、いかんなあ」

と呟いて手拭いでツネの血を拭きだした。勘吾の顔は無表情でうつろだった。見ていた人たちはその光景に不気味さを感じて身震いしている。急に勘吾が、

「ツネっ、ツネっ、ツネよう」

大声で泣きだした。いつも勘吾が口に含むツネの乳首が無残にも切り裂かれている。勘吾は取り乱した。泣きに泣いた。その様子を見ていた人たちは思わずもらい泣きして目をこすっていた。勘吾は一晩中ツネの遺体の横で声を出して泣いた。

「ツネっ、母ちゃん、姉ちゃん、ツネっ、母ちゃん、姉ちゃん」

を繰り返した。勘吾にとってツネは母であり姉であり女であった。その甘酸っぱい香りを持ったツネが急に逝ってしまった。勘吾は現実がまだ受け入れられない。やり場のない気持ちが渦巻いていた。ツネの葬儀は懇意にしていた島原の人たちや常連客で手配された。勘吾は腑抜けのように座っているだけだった。この間の勘吾の記憶はない。気が付いたら一人部屋の中にいた。勘吾には徐々に怒りが湧いてきている。

(よくもわしの大事な人を殺したな。糞虫侍め、絶対に許すもんか。何が尊王だ、何が攘夷だ、何が志士だ。食い逃げを咎められて無抵抗の女を殺すとは、そのうえ慌てて逃げてしまうとは、卑怯者の極みだ)

勘吾の目は復讐心で燃え上がった。

入隊

六月のある日、勘吾は壬生の浪士組屯所に現れた。隊士に応募するためだ。会津藩兵が京に入って半年になる。この頃にはテロ事件も起こらず、一時的にでも平穏な日が流れていた。勘吾はツネを殺された恨みもあり、浪士組に入って暴虐な尊攘志士に対しようと思ったのである。

「土方《ひじかた》さん、妙な男が入隊したいと言ってきました。どうします」

取り次いできたのは沖田総司《そうじ》である。この日は局長の近藤勇《いさみ》、副長の土方歳三《としぞう》、隊士の沖田総司、井上源三郎がたまたま在所していた。

「妙な男とは何だ」

「それが、言葉が詰まって思うように話せないようで、私が聞きだすのにかなり時間がかかってしまったんですが、その男の言わんとすることは、ぜひとも浪士組に入りたいということです」

「そうか、まあ入りたいと言っておるんなら会おう。道場へ通せ」

勘吾は道場へ通され正座して待っている。緊張感でかちかちだった。面接は土方が行った。

「そのほうが入隊を希望している者か。名を何という」

「あ、あ、蟻通《ありどおし》、か、勘吾とも、も、申します」

土方はなるほど聞きづらいなと思いつつ聞いた。

「流派はどこだ」

「と、と、とりあえず、じ、じ、直心影流です」

「とりあえずというのが気になるが、まず試技を見せて貰おう。誰か相手する者はいないか」

沖田総司が「私がしましょうか」と名乗り出た。土方は少し顔をしかめた。沖田は隊随一の実力の持ち主だから一瞬で勝負がついてしまう。試技を見るどころではないと思ったからだ。それでも沖田は竹刀を持って中央付近に立った。

「蟻通さん、ひとつお手並み拝見しますよ」

勘吾も沖田と正対して竹刀を正眼に構えた。沖田がおやっという顔をした。

(意外に使えるようだ)

気を引き締めた。井上源三郎が審判で間に立った。

「はじめ！」の声がかかった瞬間、

「きええええっ！」

道場内を震わせるような勘吾の気合が一気にほとばしり出た。沖田も一瞬怯んだかのように剣先がぴくんと上がった。勘吾が沖田めがけて突進した。何年間も磨いた勘吾独自の突きだ。沖田も突きの名人だ。向かってくる勘吾の喉に迎え突きを放った。剣先は見事に勘吾の喉に命中した。が、勘吾の突進は止まらない。実は勘吾は沖田の突きで気絶したのだが体はそのまま沖田を直撃した。沖田は道場の壁板まで飛ばされて体を打ち据えられた。半ば意識が朦朧とした。勘吾の方は道場の隅でうつ伏せで気を失ったままだ。

「おおっ！」

近藤以下道場内に感嘆の声が湧いた。沖田が起き上がって来た。

「いやあ参りましたよ。ほんとに危なかったんですから」

と言って右の肩口を見せた。少しほつれている。

「少し避ける時を失ったら私も倒されていましたよ」

沖田はやれやれと言った顔つきである。

「いいものを見せて貰った。人は見かけによらんものだな、なあ歳《とし》さんよ」

近藤の言に土方が頷く。

「ほんとになあ、あれは直心影流とは言えんぞ。さっきとりあえずと言ったのは、そういうことかな」

まだ勘吾は気を失ってうつ伏せに倒れたままだ。土方が気をつけさせて、

「蟻通くん、明日から来ればいい」

と勘吾に語り掛けた。

勘吾は夢心地の気分だったが、入隊を許されたことがわかり正気に戻った。

「は、はりがとう、ほ、ほさいます」

御礼を言ったつもりだが、喉を沖田に突かれたため言葉がはっきりしない。勘吾の喉は数日間腫れっぱなしだった。

勘吾は浪士組屯所に移った。住吉明神前の店は人に譲った。ツネのことを思うと苦しくなるの

で、なるべく近寄らないようにするためである。屯所では勘吾は寡黙に過ごした。吃音で自由に話せないというのもあるが、元々勘吾は話をしたがらない。沖田が勘吾に興味を持っていろいろと話しかけて来る。勘吾のことを「蟻《あり》さん」と呼ぶ。

「蟻さんのことを良く知らないのだけど、蟻さんは高松出身だよな。高松では蟻通という姓はよくあるのかい」

勘吾は首を振って、

「わ、わ、私のい、家だけとお、お、思います」

「そうなんだ。元々は泉州か紀州じゃないかな。両方に蟻通《ありとおし》神社というのがあるからね。蟻さんは蟻通のいわれを知ってるかい」

勘吾がまた首を振ると、

「昔、迷路のように穴が通じている玉または石だったかな、その穴に糸を通すのはどうしたらよいかを考えたんだなあ。一人の知恵者が穴の一方にハチ蜜を塗って、蟻に糸を結んで穴に入れたんだ。蟻は蜜の香りに誘われて穴を通っていって糸を通したんだそうだ。蟻通神社は智恵の神様ということらしいよ」

勘吾は驚いた。自分が全く知らなかったことを沖田が知っている。それを親切に教えてくれる。どんなに吃音で話し辛くとも嫌がらず聞いてくれる。勘吾は沖田に親しみを感じた。

「ところで蟻さん、その持っている刀に何か銘があるのかね」

勘吾は先祖伝来の刀で銘は播磨住昭重だと説明した。

「播磨住昭重かあ、今まで聞いたことはないがどんな刀だろう。ちょっと見せてくれませんか」

勘吾が承諾して沖田に刀を渡すと、沖田が鞘からすらりと抜いて目の前にかざした。

「よく手入れされてますねえ。少し見ただけでこの刀は良い刀だとわかります。これが播磨住昭重なんですね。良いものを見せてもらいました。ありがとう」

沖田の飾り気のない親しみのある語り口は、勘吾の気分を大いにほぐしてくれた。浪士組などというからどんな素行の悪い集団かと警戒していたが、近藤勇、土方歳三、沖田総司などいわゆる江戸の天然理心流の道場である試衛館出身の隊士の人たちはいかにも武士らしい品性のある行動を普段からしており、勘吾にはそれが意外であり、自分が身を置くところとして嬉しさを感じていた。

しかし素行の悪い者もいた。局長はこの頃二人いた。一人は近藤勇、もう一人は芹沢鴨《かも》である。

勘吾は入隊するまでは知らなかったのだが、壬生浪士組はわずか十八人しかいなかった。前身は江戸で結成された浪士隊であったが、二百三十四人いた隊士たちは京で分裂した。ほとんどが江戸へ引き返したのである。理由は「生麦事件《なまむぎ》」で騒然としている江戸の不慮の事態に備えるということだが、中心人物の清河八郎が浪士隊を尊攘運動の集団に変えようと画策したためである。

警戒した幕府により江戸に引き戻され、清河はまもなく暗殺される。江戸帰還に猛然と異を唱えたのが近藤を始めとする試衛館一派と芹沢一派だった。将軍守護の名目で京に来たのに、その役目もせずに江戸へ帰るなどとは承服できないという理由だった。京に残った浪士組は筆頭局長に芹沢、局長に近藤、副長に土方と山南《やまなみ》敬助という陣容だった。ある日勘吾は屯所内で芹沢とすれ違った。勘吾が端に寄り頭を下げた。

芹沢は勘吾をじろりと見て、

「言葉も満足に話せん奴が隊士気取りか」

と吐き捨てて行ってしまった。以前から芹沢の評判の悪さは聞いていたが、直接面して、

(なんという傲岸《ごうがん》で無礼な男や)

とあらためて感じた。その様子を偶然に土方が見ていた。土方は勘吾に近寄り、

「今は我慢だ。そのうちカタがつく」

と謎の言葉をささやいた。

(土方副長は芹沢局長をかなり嫌うておるみたいやな)

土方の言葉の響きで勘吾はなんとなくわかった。最近土方は勘吾によく声をかけてくれる。土方だけでなく近藤、井上も笑顔で接してくれる。沖田は初めから親しい態度だ。不器用だが勘吾の何事に対しても真っ直ぐで懸命な姿に好意を持ってくれているらしい。屯所では市中見回りの

仕事が終われば自由に過ごせる。勘吾は必ず道場で稽古をする。そんな時は必ずと言っていいほど土方や沖田など試衛館の出身者が稽古に現れる。そして勘吾は毎回失神する。勘吾の稽古は絶対に後ろへ退かない。常に前へ前へ出て、突きを食らい胴をしたたかに打ち据えられて前向きに失神するのである。そんな態度がみんなに気に入られていた。稽古は激烈という形容が当たっている。京の治安を守るのは死と隣り合わせの命がけなのだ。使命に燃える隊士は剣の稽古に励む。勘吾は使命感というよりツネの復讐に執念を燃やしていた。ツネの最後を思い出すたびに体中の血が逆流するような怒りに捕らわれる。道場の稽古はその延長だ。芹沢一派はというといっこうに道場へ現れない。

「あの人たちは飲みに行ってるか、金の押し借りをしているかだな」

同時期に入隊した山野八十八《やそはち》がこともなげに言う。山野は加賀藩浪人の二十二歳で勘吾より三歳下だ。勘吾は他のことは知らない。

「お、押し借り」

「そう。無理やり商家から有無を言わさず金を借りることだ。まあ強奪に近いな」

芹沢の傲岸不遜な顔つきが浮かんだ。芹沢は気に入らないことがあるとすぐ暴れるらしい。島原の角屋でも花魁が芹沢の相手を断ったという理由で暴れ出し、部屋の中をメチャメチャにしたという話を聞いたことがある。勘吾は激しく怒りが込み上げてきた。せっかく入った浪士組にもこんなごろつきまがいの奴がいたのか。ツネを斬り殺した糞虫侍と同じ臭いがする。途端、気分が悪くなってきた。

八月十八日の政変

勘吾が芹沢を毛嫌いし出した頃、政情が大きく乱れ始めた。革命論者である真木和泉が、

「攘夷も実行できない幕府から軍事権と徴税権を奪ってしまえ。天皇自ら軍事統帥権を持ち、国の支配権を確固たるものにすべきだ」

という「攘夷親征論」を京でぶち上げたのである。要するに討幕論だ。朝廷は長州藩が牛耳っている。真木和泉に呼応した長州藩は公家に「攘夷親征」の実行を説いて攘夷熱を高まらせた。朝廷内の公武合体派の公卿を黙らせるため、鳴りを潜めていたテロが復活する。徳大寺公純《きんいと》の家臣滋賀右馬允《うまのじょう》が重傷を負い、北小路治部少輔の屋敷が襲われ、公武合体派の松平春嶽《しゅんがく》の宿舎の高台寺が焼かれ、春嶽に宿坊を貸そうとしていた西本願寺の松井中務《なかつかさ》が斬殺された。


事態は急激に進む。八月十三日に「大和行幸の詔」が発せられた。大和参拝の場で御親征軍議を行なうというのである。これは討幕の作戦会議の意味を持つ。この展開は全て長州藩が裏で糸

を引いていた。この時から尊王攘夷運動は討幕へと矛先を向ける。長州派公卿らが孝明天皇に有無を言わさず独断で進めていたものだった。すわ朝幕戦争か。事態は緊迫した。が、突如逆転した。孝明天皇が中川宮を通じて大和行幸中止の意向を示されたのである。孝明天皇は攘夷主義者であったが、公武合体派であった。天皇は討幕など望んでいなかったが、五年前に幕府が「日米通商条約」を無断で結んだことに腹を立て、「戊午の密勅」を出したのを忘れたような振る舞いだ。この密勅は討幕を煽るようなものだった。孝明天皇の腹立ちまぎれとはいえ、密勅は具体的な討幕の気運を醸成していくきっかけとなったのだが、天皇は気づいておられなかった。

朝廷内では、長州派公家による事態を急激に進める動きに対して、それを密かに回避すべく長州排除の計画が進められていた。中川宮を中心として前関白近衛忠熙《ただひろ》、右大臣二条斉敬《なりゆき》らの公武合体派の公卿が図り、会津藩と薩摩藩が実行主体になった。夜のうちに会津、薩摩各藩の藩兵は御所九門の守備についた。翌朝の八月十八日七時三十分、あらかじめ召集を命じられていた諸大名が参内して、御所の各門は完全に閉じられた。討幕派公卿があわてて参内しようとしたが許されなかった。長州藩兵と会津、薩摩藩兵が対峙してにらみ合いが続いたが、午後一時頃、親征の公布は思し召しにあらずとの勅諚が出されたため長州藩は兵を退いた。同時に長州藩の堺町御門警備も解任された。こうして「八月十八日の政変」は終わった。壬生浪士組は蛤御門の守備についたがさしたる事もなく終わった。ただ芹沢鴨が例の傲岸な態度で会津藩兵をからかっているような態度を示していたのを見て、勘吾は苦虫を噛みつぶしていた。政変に敗れた長州藩兵と討幕派公卿七名は長州へと落ちて行った。孝明天皇は三条実美《さねみ》ら公卿が都を去ったと聞いて大喜びされたという。よほど腹に据えかねていたのだろう。

政変後、壬生浪士組は「新選組」の隊名を与えられた。この正式な隊名は朝廷から下されたものので、隊士たちは歓喜した。単に浪士の身ではなく、朝廷から認められことが大きな誇りになった。勘吾も嬉しかった。

(何で嬉しいんや)

と思うがやっぱり嬉しい。武士で身分を立てるという当初の志と少しずれている。浪士組に入ろうと思ったのはツネの復讐をするためだ。尊攘志士と吠えている浮ついた連中を退治するためだ。第一になぜ浪士に将軍の警護を任せるのか。そのことに疑問を持って応募するのを見送っていたはずだ。結果的に朝廷から新選組の名を貰い、武士として身を立てられたことにはなる。勘吾は嬉しさと戸惑いの入り混じった複雑な気分ではあったが、それ以上に体中に気力が湧いて来る。何であれ自分の進む道は間違っていないと思う。

(おツネさん、見とってくれよ)

と空に向かって語りかけた。

芹沢鴨暗殺

しかし弊害もある。芹沢鴨の傍若無人さが度を越してきたのである。政変後まもなくして事件は起こった。「大和屋焼き討ち事件」である。中立売り通り葭屋町《よしやまち》の生糸商大和屋庄兵衛宅を放火したのだ。庄兵衛が芹沢の押し借りを断ったことで報復に出た。火の手が上がり、あわてて駆け付けた大名火消しに対し、芹沢ら配下の者たちが刀を抜いて近寄らせないようにした。火消したちはただ見守るしかない状態に置かれた。大和屋は全焼した。勘吾は事件のことを屯所で聞いた。

（なんという愚物の糞虫じゃあ。こんな奴が新選組の局長では京の衆の気持ちを得ることなんぞ出来んわい）

勘吾は歯噛みしたがどうにもならない。しかし計画は密かに進んでいた。事態を重く見た会津藩が、もう一人の局長近藤勇に芹沢の処置を命じたのである。近藤勇は刺客に土方歳三、山南敬助、沖田総司、原田左之助を選んだ。

近藤は島原の角屋で芹沢を接待して酒を飲ませ泥酔状態にした。芹沢に常に付き添っている平山五郎と平間重助が芹沢を介抱しながら八木邸に帰った。午後九時頃に宿舎へ戻った近藤たちは芹沢たちの様子を探った。近藤たちの宿屋の前川邸と芹沢の八木邸は狭い道一本挟んでいる。この二つの屋敷を合わせて新選組屯所と言う。

芹沢たちが寝静まった午後十時頃に土方らは行動を開始した。降り続いていた雨は上がり月が出ていた。真っ先に沖田が芹沢の寝ている部屋に踊りこんだ。と同時に刀を一閃させた。仰向けに寝ていた芹沢の胸を突き刺したのである。芹沢は、「わあっ」と叫んで起き上がり、襖《ふすま》を破りながら逃げようとしたが、山南が背後から芹沢の右肩を斬りつけた。それでも血に染まりながら芹沢は逃げる。庭に逃げようとして置いてあった文机に脚を取られ転倒した。間髪入れず土方の刀が刺し貫いた。芹沢は絶命した。隣室で寝ていた平山五郎は原田左之助の一太刀で首を刎ねられた。別室で寝ていた平間重助はあわてて逃げ出して行方不明となった。襲撃はあっという間に終わった。隊士宿舎で眠りこけていた勘吾が事件を知ったのは朝になってである。

「お、沖田さん。や、や、やったんですか」

顔を合わせた沖田に勘吾が聞いた。

「さあ何のことですかねえ」

沖田は思わせぶりに、にやっと笑った。

芹沢は病死として会津藩に届けられた。しかし芹沢が土方らに暗殺されたことは、公然の秘密として隊士たちに共有された。この事件で芹沢一派に反感を募らせていた隊士は心で快哉を叫んだが、隊全体として身の引き締まるような綱紀粛正の効果をもたらした。すでに隊規として「局中法度」が隊員に周知されており、それに違反する者は切腹という罰則も示されていた。局中法度は簡単に言うと、士道に背くな、隊を脱走するな、勝手に金策をするな、勝手に訴訟するなという内容だが、芹沢は士道に背いたこと、勝手に金策したことに該当する。しかし芹沢の性格からして素直に切腹などするわけがなく、まして筆頭局長の地位にあるため処分するにも骨が折れる。芹沢は剣の達人で、もし暴れ出したら近藤たちの被害も大きくなる。そこで寝込みを襲って容赦なく斬殺したということである。

事実、この事件直後に逃げ出した隊士も多かった。単にスローガン的なものと見ていた局中法度の重みと厳しさに耐えられないと思ったのだろう。何人かは見つけだされて切腹をさせられた。新選組の血の粛清は、長州、土佐などの尊攘浪士だけでなく隊内にも続けられていく。

勘吾の場合はどうか。勘吾は芹沢暗殺に快哉を叫んだ一人である。ごろつき志士と同じような臭いのする芹沢は、勘吾にとって排除するべき存在だった。そして局中法度は勘吾にとって当たり前のものだった。新選組は単なる市中取り締まり集団ではない。命を懸けた戦闘集団なのである。芹沢のような無茶なごろつきの真似はしてはいけない。戦闘集団である以上、刀にモノをいわせる荒っぽいやり方はするが、民衆の支持があれば正当性は保てるのである。それを担保するためにも局中法度があると勘吾は思っている。

それにしても不意打ちで芹沢を暗殺した土方らは、武士として卑怯な振る舞いではないのか。そのようなやり方で行わなければならないという理由はよくわかる。が、見方によっては卑怯であり潔《いさぎよ》さはない。新選組には冷徹さと厳しさは必要なものだとは思っているが、自分の武士というものに対する思い入れがどことなくぼやけた。

鉄の規律

新選組は、近藤、土方らの試衛館派が統一した。それと共に市中取り締まりが厳しさを増してゆく。新選組特有の袖口に山形のダンダラ模様を白く染め抜いた浅葱《あさぎ》色の羽織を着て集団で歩く。その派手な服装は遠くからでも目立つ。市中に潜む尊攘浪士たちはその集団をみとめると見つからないようこそこそと隠れてしまう。運悪く見つかると斬り合いにはなるのだが、新選組の目的は捕縛である。どうしようもない時は斬殺するが、捕まえてその隠れ家やどのような仲間がいるのか、何をしようと計画しているのかを暴きだすことを最大の目的としていた。

勘吾は何度か斬り合いに遭遇した。勘吾は例の突きで相手の両太腿を刺す。動けなくなった相手は捕縛される。最近はいとも鮮やかにやってのけるが、最初は大変だった。まず生の人間を斬ったことがない。足を刺すつもりが緊張して相手の脇腹に剣先が刺さった。相手は少しよろけながらも必死で刀を振り回す。そうなるとなかなか中に入って行けない。どうしたらよいか逡巡していたところ、同僚の山野八十八が刀を一閃させた。相手の刀を持った腕が斬り飛ばされた。全く冷静な剣の舞とも思える鮮やかさだった。

（世の中には格好いい男がおるもんじゃ。八十八は絵になるのう）

勘吾は感心した。山野八十八は歌舞伎役者のような美男だった。それで剣の腕も立つ。事実、八十八は遊女や芸者に大モテだった。けれど白粉顔の女は苦手らしく、早々に引きあげるのが常だった。勘吾は八十八と一緒に行動する。勘吾の突きで両足をやられて歩けなくなっても刀をぶんぶん振り回す相手には、八十八が腕を斬り落とすか指を斬り落とす。こうなれば相手はもう抵抗できない。新選組は着々と実績を上げていった。

京の市中の治安は見る見るうちに良くなった。が、新選組は嫌われた。なぜか。百名余りの隊士の中には素行の悪い者も多い。要するに金と女である。無理強いの押し借りがなくならない。強姦まがいに女を自分のものにしようとする。取り締まりでテロは鳴りを潜めたが、京の民衆は新選組に非難の目を向ける。それに反して長州などの尊攘志士の人気が高い。金をふんだんに花街にばらまくからだ。一般民衆に対しては品行も良い。

「こんなんやったら長州はんのほうがええなあ。ガラの悪い壬生浪《みぶろう》とはえらい違いや」

新選組とは言わず壬生浪と呼んで毛嫌いし、京を追われた長州を懐かしむ。非行隊士は局中法度に照らし合わせて切腹させられる。切腹はたまらんとして非行隊士は脱走する。

「ぶ、武士として、な、情けない奴も、お、多いのう」

武士にこだわる勘吾は嘆く。

「そう言いなさんな。新選組には蟻さんやおれのように武士出身もいれば、町人、百姓出身もいる。近藤局長や土方副長にしても武州多摩の百姓出身ではないか。一見凶状持ちのようなヤクザ者もおる。襟を正して行動しろというのは無理なんだよ」

「そ、そやけど、こ、近藤局長は、ぶ、武士だし、し、士道だと、よく、い、言うとるでは、な、ないか」

「まあ言わざるを得ないというところだな。隊には得体の知れない連中もいる。人の目を盗んで何かやらかすような素行の悪い奴は排除されるんだ。士道を掲げて隊の綱紀を正すことが大事だと幹部は思っている。蟻さんよ、思い出してみな。取り締まりで斬った人数と隊で切腹させられた人数と、どちらが多い。隊の方が多いだろう。近藤局長や土方副長は特に武士でありたいという気持ちが強いんだ。それはな、身分と言うより精神的なものだな。要するに士道というものだろうな。だから新選組は正義の集団でなくてはいけないんだ。蟻さんもそう思うだろう」

勘吾は全く同感だとして大きく頷いた。

「ところがだ、世間は新選組に冷たい。素行の悪い奴のせいでもあるが、一番大きいのは身分なんだ。新選組は武士の集団ということになっているが、世間はそう見ていない。単なる百姓町人の混じった得体の知れない浪士集団と見ている。これは京の民衆だけの話ではない。この部分が難儀でな。会津藩や奉行所の連中も、浪人風情がとして見下しているんだ。新選組が武士を名乗るとはおこがましいわい、というわけだ。では、その武士の身分の奴らが新選組以上の働きをしているのか。いつも助けて貰うばかりではないか。おれたちはもっともっと実績を上げなければならん。京の治安は新選組でなくてはならんというところまで認めさせるんだ。蟻さんよ、内外の理不尽さを跳ね飛ばしていこうぜ」

今度は、勘吾は頷くのを忘れていた。

「どうした蟻さん、賛同してくれないのか」

「い、いや、八十八は、あ、熱いのうと、お、思うて、か、感心しとる」

八十八は勘吾が受け止めてくれたことに満足して笑みを浮かべた。勘吾と八十八の縁はこの後、箱館五稜郭戦争まで続く。初期に同時入隊し、途中脱することもなく新選組隊士として最後まで全うする。面白いのは二人とも終始平隊士だったことである。勘吾は吃音で思うように話すことが出来なかったので責任者として不向きなのはわかるが、八十八の場合はどうも幹部たちから敬遠されていたようだ。歯に衣を着せず直言するのはいいが、皮肉めいた言い方が上は気に入らなかった。八十八はそんな上からの雰囲気を充分に感じていたが、

「それがどうした」

と気にする素振りもなく、相変わらずふてぶてしく直言する。隊内の階級など興味もなく目もくれない。それでいていつも先頭に立ち積極果敢に働く。士道をモットーにしており、勘吾とよく気が合った。幹部には少し煙たい存在だが、新選組の優等生には違いない。

八十八は新選組という戦闘集団を、いかに機能的に動かしていけばよいかを考えていた。考えていたというより、機能性ということに興味を持っていたと言った方が正しいか。その点で副長の土方と相通じるものがあった。土方の目標は新選組をいかに最強にするかということだった。だから土方は八十八に目をかけていた。勘吾にとって大切なのはただ愚直に隊務を行なうことであり、八十八のような戦略など考えたことはなかった。勘吾は相手が尊攘浪士と見るや、ツネを殺された復讐心が体全体を震わせて相手に突進していく。その迫力に周りが一目置いていたが、その根源が復讐心だとは誰も知らない。何にせよ勘吾も優等生だった。

勘吾は市中巡察にはいつも八十八と一緒だった。途中、逃げようとする浪士を見つけた時には先を争って追跡した。相手が刀で抵抗すれば、例の如く勘吾と八十八の腕が冴えた。

明信《みょうしん》

新選組入隊後は、勘吾は東本願寺へあまり参拝しなくなっていたが、久しぶりに来てみると新顔の僧がいた。僧名を明信という。歳は勘吾より少し上に見える。勘吾は隊装ではなく普通の姿だった。

「お侍さん、見かけん顔やなあ」と、明信が親し気に話しかけてきた。

(あんたこそ見かけん人やないか)

と勘吾は思ったが、話しをしていて驚いた。明信は高松の小さい寺の僧というではないか。勘吾が自分も高松出身だと言うと明信も驚いた。さらに親し気に話しかけて来る。

「ほうなあ、あんた高松な。嬉しいわあ、郷里の人と会えるとはのう」

明信は勘吾の吃音など全く気にせず話しかける。それによると、明信は東本願寺の役僧を三年の期間勤めることになっており、期間が終わればまた高松へ帰り、父親の後を継いで住職になるとのことだった。明信は勘吾のことをアットシさんと呼んだ。「ありどおし」を一挙に縮めて言うと「アットシ」になる。

「アットシさん、あんた高松のお城の近くに、はまやいううどん屋があるん知っとるな」

勘吾はびっくりして頷いた。知っているも何も自分が働いていた店だ。

「わしなあ、そこのうどんが大好きやったのに、何年か前から急に味が落ちてしもうてのう。おやじに文句言うたら、職人に逃げられた言うてけんもほろろや。もう一回あのうどんを食べたいのう」

「そ、そしたら、つ、作って、あ、あげるで」

明信が怪訝な顔をすると、実はその店でうどんを打っていたのは自分であると告げたから、さらに明信は驚いた。

「ほんまかあ、こんなことがあるんやな。信じられんわ。ほな、ほな、ぜひとも作ってくれんな」

勘吾は初めて東本願寺の厨房へ入った。数十人の食事を用意しなければならないから規模が大きい。圧倒されながらも勘吾はうどんを打った。その場に居合わせた寺の僧たちにも振舞った。

「アットシさん、この味やこの味や」

興奮気味に明信が夢中で頬張っている。他の僧たちも感心して食べている。

(まだまだうどんの腕は落ちてないのう)

勘吾は黙って胸を張った。この時から再び勘吾の東本願寺通いが始まった。と言っても十日に一日の頻度であったが、うどんを打ってもらおうとその日は明信が待ち構えていた。勘吾と明信は急速に親しくなっていった。

池田屋事件

年が改まって元治元年（一八六四年）、京の町に妙な噂が流れ始めた。長州が風の強い日に放火するというのだ。放火先は市中とも御所とも言われる。その騒ぎの隙を縫って天皇を長州にお移し申し上げ、また中川宮と京都守護職松平容保を暗殺するというものであった。あくまで噂に過ぎなかったが、六月、鴨川東岸で一人の不審人物が捕らえられた。後に池田屋事件で斬殺された宮部鼎蔵《ていぞう》の下僕、忠蔵と言われている。その供述から、京に四十人、伏見に百人、大坂に五百人の長州系浪士が潜伏しており、京の市中に放火するための火薬を持ってること、中川宮と松平容保を暗殺する計画があることが判明した。新選組隊内の緊迫度が上がる。噂は根拠のないものではなかったのである。京都守護職、京都所司代、奉行所へ万一の事態に備えるよう周知した。

六月四日、以前から目を付けていた三条井筒屋を捕らえて取り調べたところ、薪炭商を営む枡屋喜右衛門（古高《ふるたか》俊太郎）が浮上した。六月六日早朝、長州藩士古高俊太郎は捕らえられた。古高は拷問にも口を割らなかったが、枡屋で武器や具足、計画の密書まで発見されたことを突き付けられると観念して自白した。古高の捕縛を知った長州系浪士たちは驚き、焦った。古高は長州情報網の中心的存在だったからだ。必然、奪還の動きが出て来る。新選組屯所を襲撃して古高を奪い取れということだ。長州藩邸では京都留守居役乃美織江を中心として、吉田稔麿《としまろ》や肥後藩士宮部鼎蔵が善後策を話し合った。

「ここは無理をしないで慎重にかかった方がよい。まず、みんなの潜伏先を変えるのが先決だ」

という意見に傾いた。

「よし、池田屋に集めて説得をしよう」

吉田、宮部は浪士たちに連絡を取った。夜の闇と共に血走った目で集まった浪士たちはなかなか説得に応じず、延々と議論を続けていた。

勘吾はこの朝に屯所で出動を命じられた。目的は京市中に潜伏する浪士たちの捕縛だ。新選組、会津藩、この時期に京都所司代に代わっていた桑名藩の合同探索が行われる。実は潜伏浪士たちがどこで会合を持つのか、襲撃準備をどこで整えるのか、わかっていなかった。以前の探索で目星をつけていたところが二十か所近くある。新選組は四条通りを北上しながら、会津、桑名藩は二条通りから南進しながら探索することを打ち合わせていた。

新選組は三十四名が出動。残りの六名が屯所警備に当たった。そう、この時には百名余りいた新選組隊士は四十名に減っていたのである。理由は脱走と非行隊士の粛清であった。

八坂神社前の祇園会所へ集まった隊士たちは夜を待った。五つ時（午後八時頃）になったが会津藩からの連絡がない。業を煮やした近藤は隊を三分し、近藤勇、沖田総司、永倉新八、藤堂平助ら十人を率いて木屋町通りの探索に移った。後の二隊は土方歳三が統括して祇園界隈の探索を始めた。勘吾は土方歳三、井上源三郎、原田左之助、斎藤一らと一緒だった。勘吾は探索しながら、

（今頃八十八は悔しがっておるやろうなあ）

と思って苦笑いした。山野は屯所の警備に回された。

「どうしておれが出動できねえんだよ。おれの腕は上の者は知っているだろうに。ははあ、これは嫌がらせか」

八十八は勘吾に向かって延々と愚痴る、愚痴る。勘吾は少々辟易しながらも、

「ろ、浪士たちが、と、屯所を襲うかもし、しれんやろうが。や、八十八の、う、腕がど、どうしても要るんじゃ」

と言ってはみたものの、八十八は目を剥いて、

「慰めなんかいらねえよ」と、ぷいと顔を横に向け去って行った。

（駄々っ子みたいでおもしろいのう）

思い出し笑いをしていると土方が、

「蟻さんよ、何がおかしい」と睨んだ。

慌てて勘吾は顔を引き締めた。時刻は四つ時（午後十時頃）である。木屋町通りを探索して三条大橋近くまで来た近藤たちは、池田屋の二階に明りが灯っているのを見つけた。三条大橋の袂に屋台を出している親爺に聞いたところ、半時ほど前に浪人のような侍が次々と入って行ったと話した。池田屋は長州藩の定宿である。

「ここだ」

近藤たちは色めき立った。表口と裏口をそれぞれ三名ずつで固め、近藤、沖田、永倉、藤堂で突入した。二階は刀の金属音と叫び声が入り交じり壮絶な様子であったが、暗闇では相手がよくわからない。沖田が突入の際に一人を突き殺したのがわかっただけである。

近藤が叫ぶ。

「下へ行け！」

階下には八軒灯という大きな行灯が吊るされており、十分に相手がわかる明るさだった。激闘の最中、沖田が喀血して戦列を離れ、藤堂が額を切られて血で目が見えなくなった。屋内で奮闘しているのは近藤と永倉の二人だけになっていた。浪士たちは二十人くらいいたかと思うが、二階から表へ飛び降りる者や裏庭に飛び降りる者もいたが、待ち構えていた隊士たちと斬り合いになった。そこへ土方隊二十四名が駆け付けた。

「殺すな、捕まえろ！」

と土方が叫んだ。

「きえええええっ！」

勘吾が気合鋭く先頭を切って飛び込んだ。相手の浪士の太腿を正確に刺していった。裏庭で隊士の安藤と奥沢が血まみれでよろけながら必死の戦いをしている。勘吾は突きを入れた。刀は相手の胸を貫いた。刀を抜いた勘吾に血しぶきがかかる。勘吾の顔が真っ赤になった。そこにはもう一人の浪士がいた。勘吾の迫力におそれをなして逃げ出そうとしたが、勘吾に両足を突かれて歩けなくなりその場に突っ伏した。

二時間ばかりの激闘で浪士は九名が斬死、四名が捕縛された。後の数名は何とか逃れたようだ。斬殺されたのは吉田稔麿《としまろ》（長州）、宮部鼎蔵（肥後浪士）、望月亀弥太《かめやた》（土佐浪士）、北添佶摩《きつま》（土佐浪士）、大高又次郎（播磨林田藩浪士）、杉山松助（長州浪士）、松田重助（肥後浪士）、福岡祐次郎（伊予松山浪士）である。新選組は裏口を固めていた奥沢栄助が即死。同じく安藤早太郎と新田革左衛門が重傷を負い後日死亡した。勘吾は傷らしい傷もない。着込んでいた鎖帷子《くさりかたびら》が身を守ったのだ。

勘吾は休む間もなく他の隊士とともに残党狩りに奔走した。数人の浪士を捕縛するなど一定の成果をあげ、昼過ぎに屯所へ帰隊した。会津藩では隊士の疲労と不逞浪士たちの復讐を心配して応援を送り込んだ。隊士たちは医師の治療を受け休養を十分にとった後、翌日も残党狩りに出動した。その中には山野八十八の意気揚々とした姿があった。

「蟻さんよ、全身血だらけで帰隊した時には驚いたなあ。その血も乾いてまるで松脂をまとったみたいだった。蟻さんが怪我したと思ったが全部返り血だったとはなあ」

八十八が感心しながらも悔しそうに言うのを、勘吾は苦笑いしながら聞いていた。新選組の服装は、黒の着こみ襦袢に黒の馬乗り袴、黒の脚絆、白い鉢巻だった。ダンダラ羽織はもう着ておらず、全身黒ずくめの動きやすく機能性のある服装に変わっていた。その黒ずくめの八十八は、潜伏先の浪士を見つけると勘吾を押しのけるようにして躍りかかる。捕縛すると自慢そうな顔を勘吾に向ける。

（そんな顔せんでもええのに）

勘吾の苦笑は続く。池田屋で奮闘した隊士に幕府から会津藩を通して報奨金が出た。勘吾には金十両別段金七両の十七両が与えられた。

これに八十八が勘吾に噛みついた。

「蟻さんよ、不公平だよ。たしかにおれは池田屋に出動はしていないよ。別に望んでもいないのに屯所警備に回されたんだ。おれも池田屋へ行くかと言われたら絶対に行っていたんだ。その気持ちを上は汲んでくれない。あの時、もしかしたら屯所が襲われたらまずいぞと思って、おれは一晩中寝ないで警戒していたんだ。その気持ちもわかってくれないんだよ。池田屋へ行った連中がこんなに報奨金にありついて、屯所にいた連中は何もなしかよ。不公平だよ」

勘吾はやっぱり言ってきたかと思いつつ八十八の言葉を聞いていたが、その言葉が一旦途切れた頃をついて、

「や、八十八、こ、こんないっぱい、も、貰うても、つ、使い道がない。い、一緒に遊んで、も、貰えんか」

八十八の目が輝いた。

八十八の島原

「ほんとか、いいのか。蟻さんよ、おれ一回でいいから島原の花魁と遊んでみたい。別に下卑た心で言ってるわけではないよ。どちらかというと花街の女は苦手なんだよ。だけど話のタネには知っておかなくちゃならない。わかるだろ」

勘吾は言い訳がましいが愛嬌のある八十八の言葉に笑い出した。

「や、八十八よ。お、花魁はた、高いぞ。た、太夫は、や、やめとけ。ひ、一晩、さ、三十両はす、する。て、天神やったら、じゅ、十両ですむ。た、太夫、て、天神、か、鹿恋までがお、花魁じゃ。ええの、ま、間違うなよ」

「あれ、蟻さんよく知ってるなあ。結構遊んでるな」

「あほ、そ、そんなんと、ち、違うわい」

勘吾はツネとの暮らしをつい思い出してしまい胸が苦しくなった。八十八は十両を懐にして嬉々として島原へ入って行った。勘吾はそんな気にならない。ツネとの思い出が強烈過ぎて、他の女の体を求める気が起こらないのである。つい住吉明神の方へ足が向いた。「うどん讃岐」の店はまだやってるのか。やってるとしても当然店名を変えているだろう。そう思いながら店のあったあたりまで来た。驚いた。店もあったが、店名もうどん讃岐のままなのだ。そうっと店の中を覗いてみた。店の中も以前のままだった。勘吾は懐かしさに思わず涙ぐんだ。

「いらっしゃい」

奥から老人の男が顔を出した。

「い、市兵衛さん」

「あらあ勘さんやないかい。久しぶりやなあ。元気にしとったんか」

市兵衛は店の常連だった男だ。それが何で店を切りまわしているのか。怪訝な勘吾の表情を読

み取った市兵衛は、

「ここは、わい一人でやっとるんと違うでえ。常連やった連中のうち、わいを入れて三人でやっとるんや」

と言った。

(よけいわからんがな)

市兵衛の話では、店を譲り受けた人はひと月と持ちこたえられずに店をたたんでしまったらしい。料理があまりにもまずく、客が寄り付かなくなったということだ。

「そいでな、店が無しなるんは寂しい言うてな、わいら三人が金出しおうて店を買うたんや。ツネさんの料理はほんまうまかったからなあ、わいらではあの味はよう出さんけど、これでも料理の腕はあるんやで。ただなあ、勘さんのうどんの味がどうしても出せん。勘さんのうどんの味は絶品やったから同じ味出せ言うても無理なんはわかるけど、今わいらは勘さんの味を再現しよう思うて頭寄せ合うとるところや。そんな時に勘さんが顔を出してくれて、ほんま天の助けや。勘さん、うどんのコツをわいに教えてくれへんか。頼むわ」

勘吾はまた涙が出そうになった。ツネとの日常がまだここにある気がした。何か嬉しくなってきた。そう言えば新選組に入ってからは、うどんを打ったのは東本願寺だけだ。

「よ、よっしゃ、ま、任さんかい」

「わあ、久しぶりに独特の蟻さん節を聞いた」

勘吾の吃音を言っているのだが、決して馬鹿にしているのではなく親密さを表しているということだ。勘吾はうどんの打ち方の要所要所を実際に打ちながら市兵衛に教えた。

「なるほど、こうすれば良かったんやな」

市兵衛は、頷きながら側の紙に書き留めていた。気が付いたら他の二人の共同経営者も店に来て勘吾の授業を受けていた。時間はあっという間に過ぎた。勘吾は心から楽しい時間を過ごした。

（おツネさんと暮らしていた時はこんな感じやったなあ）

わずか一年前までの暮らしが、もうはるか向こうに見える。自分が必要とされているという実感は何とも気持ちの良いものだ。新選組隊士の今は、必要とされてはいるがこんな穏やかなものではない。役に立たなければいつか使い捨てにされるという緊迫感がある。しかし世の中を動かすとすれば新選組だ。その一員だという高揚感も常に身にまとわりついている。

（難しいもんやな）

と思いながら屯所へ帰った。

まだ八十八は帰っていない。と言うか翌朝にならないと帰って来ない。

（うまいことやっとるんやろうか）

八十八が花魁を前にしてもしかして緊張しているのではないかと思って心配した。いや心配ではなくてその状況を期待した。翌朝、八十八が帰って来た。妙にすっきりした顔をしている。

（あら、期待外れか）

勘吾が少しがっかりしていると、八十八が勢いよく話し出した。

「蟻さんよ、花魁というのは無茶苦茶教養人だぞ。聞いていておれは驚きの連続だった。いいか、幼い頃から、古典、書道、和歌、箏、三味線それに囲碁将棋まで徹底的に仕込まれるんだそうだ。おれについたのは浮島という天神の花魁だったが、すべてこなすそうだ。本当かと思っていろいろ聞いてみたが、古典も和歌もすらすらと答えるんだなあ。もうびっくりしてしまって寝るどころではなかった。

初めて聞いたけど、島原遊郭は唯一の幕府公認の遊郭らしいな。どういうことかと聞いてみたら、何と公卿も相手にしとるそうだ。幕府のお墨付きだから公家も利用できるということだ。中には公家屋敷へ出向く花魁もいるらしい。そこでは公卿と花魁が和歌や琴を楽しんだりするんだと。そんな時には枕を交わすことはないそうだ。浮島も行くのかと聞いたら、公卿の教養に太刀打ちできるのは太夫で天神の自分にはそこまでできないと言っていた。おれは浮島に三味線と笛を聞かせてくれと言ったら、まあ見事な演奏だったよ。それに美声だ。おれは感激してしまって浮島を無性に抱きたくなってな、ふとんに入った。夢中で浮島を抱いた。浮島も応えてくれた。が、ちょっと違うんだなあ」

適当に相槌をうっていた勘吾が八十八の顔を見た。

「おれはやっぱり白粉女が苦手だよ。おれは浮島に感激して、言わば惚れてしまって浮島と寝屋を共にしたんだが、抱いている最中に何かつれないというか、冷たいというか、そんな雰囲気が流れているんだなあ。浮島にとっておれは、一晩の客でしかないんだ。金を貰って遊ばせる商売なんだ。おれは浮島に惚れたんだ。だが浮島にとっては、おれは大勢いる客の一人に過ぎないんだなあ。後から思えばそんなこと当たり前ではないかと言われそうだが、おれの悪い所でな、自分が惚れたら相手も同じだと思いたいんだ。今まで何度もこんな自分の馬鹿さ加減を味わっているのに繰り返すんだなあ。おれは久しぶりに白粉女に惚れた。けれど跳ね返された。もう遊郭には行かない。おれには惚れ合う女でなければいけないんだ。そう思うとな、何かすっきりしてきたんだ」

(何やあほらし)

花魁とは遊びではないか。それを承知していながら惚れた、振られたと言葉を尽くして騒いでいる。

(しかし八十八は女に対して純やなあ。あの美貌だったらいくらでも女遊びができるやろうに。何かもったいないような気がする)

勘吾は美男子の八十八の意外な面を見たようで不思議がった。

（まあ天は二物を与えずといったところか）

そう思う勘吾は、天は自分に一物も与えていないではないかとは思わなかった。ツネとの暮らしは天が与えてくれたものと勘吾は信じている。今から思えば本当に夢の暮らしだった。その夢をある日突然に天は奪ってしまった。なくしてしまって初めて夢の暮らしと気づいた。どうして心から感謝しなかったのか、なんとも歯がゆい。

勘吾はツネと暮らしている時から今は雌伏の時と腹の底で思っていた。武士として身を立てる時期を待っていた。そんな時が来るのか正直不安と焦りも感じていた。それがツネの遭難を契機に新選組に入ることになった。勘吾の思惑とは違ったが武士として活動する場を与えられた。勘吾の望みは叶ったとも言える。勘吾はツネがいなくなったことで後ろ髪を引かれることなく前を向いていられる。新選組に入ったのは、動機がどうであれ自分自身気づかないうちに導かれたのかもしれないという気がした。

禁門の変

池田屋事件は新選組の名を高らしめた。潜伏浪士たちはいっそう恐れを為すようになった。池田屋事件に憤激したのが長州藩だった。政変で京を追われた長州藩は何度も復権を求めて朝廷に入京許可の請願を繰り返していた。しかし認められなかった。池田屋事件は長州藩に火をつけた。武力請願を唱えて軍を上京させたのである。福原越後、益田右衛門介、国司信濃の三家老に率いられた長州軍は、伏見口に福原隊七百名、嵯峨野の天龍寺に国司隊千余名、山崎口の天王山に益田隊九百名が布陣した。新選組は会津藩と共に伏見口の抑えとして九条河原に布陣した。勘吾の側には相変わらず八十八がいる。

「なあ蟻さんよ、おかしいとは思わねえか。長州は尊王ではなかったのかい。それがどうして御所を襲おうとしてるんだ。天皇に大砲や刀を向けて尊王でございますじゃ話は通らねえよ。結局は何だな、長州は徳川に代わって天下を取りたいだけじゃないか。そう思わないかい」

聞いていた勘吾も八十八の言うことが本当のところではないかと思った。そうでなければこんな無茶はしないはずだ。こちらに正義はある。勘吾は迫りくる長州軍に備えて身を潜めているが頻りに武者震いがする。

七月十八日深夜、突然天龍寺方面から砲声が聞こえた。伏見の福原隊も呼応して進軍を始めたが大垣藩、彦根藩に攻撃を受けて大坂へ敗走し始めた。新選組は大垣藩の応援に駆けつけて長州兵を撃退した。勘吾と八十八は夢中で斬りまくった。捕縛の必要がないので勘吾は長州兵の体を突きで刺し貫く。八十八も鮮やかな剣さばきで斬り倒す。福原隊はあっけなく逃げ去った。勘吾らが長州兵の探索に当たっていた頃、天王山の益田隊は、久坂玄瑞、真木和泉に率いられ、御所の堺町御門前の鷹司《たかつかさ》邸から御所内へ侵入を図った。御所方面からの砲声を聞いた新選組は御所を目指して走りに走った。その間、堺町御門前では長州兵と門を守る越前兵が戦闘になり激闘を続けていたが、応援に駆け付けた会津、薩摩、一橋の藩兵に退けられた。

新選組が堺町御門に着いた時にはあらかた戦闘は終わっており、逃げそびれた長州兵が鷹司邸に籠って頑強に抵抗しているといった状態だった。会津藩が大砲で鷹司邸の土塀に砲弾を撃ち込み、崩れた所から勘吾たちは斬り込んだ。逃げようとした長州兵は全て斬殺された。この時鷹司邸に籠っていた久坂玄瑞は邸内で自刃した。天龍寺の長州軍は来島又兵衛が蛤御門、国司信濃が中立売《なかだちうり》御門《ごもん》へ向かった。国司の軍勢は中立売御門を突破して蛤御門へ兵を集中させる。守っていた会津兵と激戦になった。その後薩摩兵が援護に加わり長州兵は撃退される。この時に来島又兵衛が何発もの銃弾に体を貫かれて戦死した。

長州軍が敗走した後、新選組は長州の残兵に警戒するため公家門の警備に当たった。日野邸にどうも長州の残兵が隠れているらしいとの情報を得て、勘吾たちは屋敷内に斬り込んだ。相手の人数は意外に多かった。はっきりした人数は不明だが数十名はいたという。対する新選組は二十名。会津藩の応援を得ることなく一時間で壊滅させた。勘吾と八十八も存分に暴れた。この激闘で永倉新八が股を、原田左之助が右肩を負傷している。

新選組は会津藩兵、桑名藩兵などと共に敗残兵を追って天王山方面へ向かった。この時、真木和泉ら十七名が天王山へ籠っていたのである。麓を各藩兵で固め、新選組は先頭を切って天王山を登った。少しの間銃撃戦があったが、急に静かになった。と思ったら火薬の爆発音が響いた。真木和泉らが自刃すると同時に火薬に点火したのだ。火薬が次々爆発するのでしばらくの間近づけなかった。収まった後で見るとほとんどの者が自刃しており、中には火薬の爆発で手足が飛ばされてばらばらになった遺体もあった。二、三名がまだ死にきれず呻いていたので、新選組隊士らが首を斬ってとどめを刺した。八十八が、

「武士は戦うものとはいえ、この男らは志を全うできないで屍を晒してしまった。不憫だな」

と、つぶやいた。

勘吾は冗談ではないと思った。今はこちらが優勢だが、いつ攻守逆転するかわからない。

「や、八十八、わ、わしらも、ど、どうなるか、わ、わからんやろうが。の、呑気に、か、構えるな」

八十八は勘吾の怒気を含んだ言葉に目を丸くした。勘吾に初めて叱られたからである。

「そうだよな、一寸先は闇ということだよな」

と言って勘吾の言葉を受け入れた。勘吾らが敗残兵の追討をしている頃、京市街の中心地は火で舐めつくされようとしていた。後に言う「どんどん焼け」である。長州藩邸もしくは堺町御門

付近から出たと言われる火は風に煽られて瞬く間に広がって行った。東西は寺町通りから東堀川までの約一・七キロメートル、南北は丸太町通りから七条通りまでの約三キロメートルの範囲を焼き尽くした。被害は二万七千世帯に及んだ。東本願寺や本能寺が全焼。祇園祭の山鉾の多くが全焼。痛ましいのは六角獄舎の囚人らが、逃走の危険を防ぐためという理由で全員が殺害されたことである。この中には古高俊太郎や国学者で有名な平野国臣も含まれていた。

この大火災で幕府は救済策として米を配給したが効果は低く、かえって民衆の恨みを買った。その反作用なのか、原因を作った長州藩への同情論が広まるという不思議な現象が起こった。物価高騰に何ら手を打たない幕府への積もり積もった不満が大きく影響していたということか。そのとばっちりと言ってよいかどうかわからないが、同じように京都守護職の会津藩や新選組は嫌われた。

勘吾は腑に落ちない。

(至る所であんな卑怯な殺し方をする奴らが跋扈する京の方がよかったのか。自分たちも怯えていたではないか)

と、誰彼かまわず聞いてみたい衝動に駆られる。

(みんな何を考えておるんや、理不尽やろうが)

と、一人でふて腐れてみたが、長州残党狩りに毎日東奔西走しているうちに、そんなことはどうでもよくなってきた。

親鸞さん

禁門の変は京の中心地を焼き尽くした。

東本願寺もまる焼けだ。長州残党狩りが落ち着いた頃、勘吾は東本願寺へ出向いてみた。御影堂と阿弥陀堂が影も形もない。僧たちが焼けて炭化した木材を片付けていた。その中には明信の姿も見える。

「おう、アットシさんか、もうワヤやがな。よう燃えたで。地獄の業火ちゅうんはこれかいな思うたで。ええとこ来てくれた。いっちょううどん打ってくれんな。毎日重労働で腹減ってかなわんのや」

煤で顔を真っ黒にしながら明信が笑いかけた。

「みょ、明信さんが、ぶ、無事で、あ、安心したわ」

「ほんまに死ぬか思うたけど、何とか生きとるわい。腹が減るのは生きとる証拠じゃ」

東本願寺は二つの堂は焼けたが、他の建物は類焼したものもあったが概ね無事だった。厨房も使えた。勘吾は気合を入れて多めにうどんを打った。僧たちの顔が輝いた。何杯もおかわりする者もいた。

「助かったわあ、アットシさんのうどん、今日は数段うまいわ。そやけど長州はんは無茶したのう。何で御所へ大砲を打ち込んだりしたんや。尊王言うとったと違うんかのう。しかし何やな、人間思い込んだら、それを自分勝手に正当化してやらかすんやな。誰が考えてもおかしいと思うことも、おかしい思わんのやのう。人の業言うんは深いわい」

勘吾は明信に、なぜ京の治安を守る自分たちより、この期に及んでも町衆は長州に同情を寄せるのかということを疑問と不満を持って聞いてみた。すると明信は、淡々とした口調で言った。

「そらあ、町衆は幕府に不満が積み重なっておるからやろう。とにかく物の値が上がり続けてみんな四苦八苦しとるがな。その矛先はやっぱり政事《まつりごと》をしておる権力者に向けられるわい。民衆というものは深い考えなんぞ持っとらせんぞ。目の前の暮らしにいつも目が向いとるんじゃ。暮らしが苦しうて先が見えんから不満が溜まっておるんじゃ。それとな、民衆は天皇じゃ御所じゃ言うても、違う世界に思えて現実味がないんじゃ。長州が人気があるのは、市中で景気よく金を使うからじゃ。目先が良かったらそれに流れていく。そんなもんなんじゃ」

勘吾は納得できない。

「な、何か変やのう」

「そうや、変なんじゃ。人は、自分の欲を充たしてくれる方へ気持ちが向く。期待するんじゃのう。世の中を良くしてくれるかもしれんという期待が、まだ長州に向いておるんかもしれんのう」

「な、何か、か、勝手やのう」

「そうなんや、人は勝手なんや。行きつくところ自分さえ良ければええということや。その自分勝手な欲を煩悩と言うんや」

（煩悩か、よう聞く言葉や。仏教は悟りを開けば煩悩をなくせるとか言うとると聞いたことがあるのう。そしたら悟りを開いたらええんかのう）

勘吾は明信に突っ込んで聞いてみたが、その答えはこうだった。

「親鸞さんは悟りを、『涅槃を得る』という言い方をしとる。涅槃を得るにはどうしたらよいかを実に明確に言うとるんや。それはただ仏（阿弥陀仏）を信じよと言うことや」

（なんや、そんなことは、子供の時から法話でよう聞いとるわい。いつも仏さんに手合わせとるがな）

がっかりしたような表情の勘吾を覗き込みながら、明信は続ける。

「アットシさん、なんぼ仏さんに手合わせても信じとることにはならんのやで」

「ほ、ほんなら、ど、どうしたら、え、ええんや」

「信を得るということは涅槃を得るということや。そやから信は難しいんや」

(だから、どうせえ言うんや。早よう言わんかい)

だんだんと腹が立ってきた。

「信じるということは、疑念なく信じ切るということや。アットシさんは、仏さんを信じ切れとるか」

「いや、し、信じ切れて、お、おらん。仏さんが、よ、よう、わ、わからん。ぼ、煩悩を、た、断てば、さ、悟れると、い、言うけど、そ、そんなことが、で、出来るんか」

「出来るわけないやろう。煩悩は断つことはできんのじゃ。人は欲の生き物じゃ。煩悩だらけなんじゃ。みんな煩悩で生きておるんじゃ。ええか、親鸞さんは煩悩を断つことは出来んけど、煩悩を持ったままでも涅槃を得ることが出来る言うとるんじゃ。これは例え話でな、日の光を仏の光、雲が煩悩じゃ。雲に厚い薄いはあるが、空にはいつも煩悩の雲が覆うておる。そやけど光のおかげで雲の下は明るいじゃろう。それなんじゃよ。それに気づけばええんじゃ」

(ほう、何となくわかる気がするが、だったらどうせえ言うんじゃ)

「仏に気持ちを向けるんじゃ。その方法は念仏じゃ。ただ南無阿弥陀仏と唱えておればええというもんではないぞ。念仏というのは字のごとく仏を念ずるということや。常に仏を意識して感謝して念仏することじゃ。仏壇にただ南無阿弥陀仏と言いながら何かお願いしとらんか。お願いしとうなる気持ちはわかるが、それは仏さんを単に利用して自分の欲を充たしたいという煩悩から来るもんじゃ。仏に手を合わせたら、まず、ありがとうございますなんじゃ。今生きておることに感謝するんじゃ。それが念仏なんじゃ」

「な、何か、た、頼りのうて、よ、ようわからんのう」

「みんな、立派な寺や仏像があったらどことなく敬虔な気分になって手を合わせる。仏像は仏という形のないものを昔の人がこんなもんでええかとして目に見える形にした。目に見えたらみんな安心するのう。そやけど仏像はあくまで人形なんじゃ。みんな気づいておるかどうか知らんが、仏像に手を合わせて見えない仏を拝んでおるんじゃ。まあ仏像は仏の窓口やな。作りもんやから言うて粗末には出来んがの」

「や、焼けてしもうたのう」

「焼けたらまた作ればええんじゃ。それでまた大事にしたらええ。要は仏への信じゃ」

「ね、念仏、し、したら、し、信が、え、得られるんか」

「どういう気持ちで念仏するかやな。本当に心から感謝して念仏すれば得られると思う」

「みょ、明信さんは、し、信を得とるんか」

「まだや。正直、悪戦苦闘しとる。浄土真宗は易行《いぎょう》じゃ言うけど、とてもとても。肝心の所が難しいわい。だけどや、これやったら信を得ることが出来るというもんを見つけたで。アットシさんよ、聞くけどあんたは何で今この世に生まれてきたんかのう。昔でも良かったんではないかのう。もっと先の世でも良かったんではないかのう。何で今この世に居るんや」

「そ、そんなこと、わかるかいな」

「そしたら、あんたの心《しん》の臓《ぞう》は何で動いとるんや。何で血は流れとるんや」

「わ、わからん、い、言うとるやろう」

「そうや、みんなわからんのや。当たり前すぎて考えたこともないわな。けど考えたら答えが見つからんのや。どうしてかわかるか。わしはこう思うんや。わしらが今この世に居るんは、目に見えない大きな力と言うか意思を持った大きな存在がこの世に送り出してくれた。そして心の臓や血を体中に流すという仕組みで自分を生かしてくれておるとな。

仏というのはそんなとてつもない大きな力を持った存在と思うんや。浄土真宗の本尊は阿弥陀仏や。他の宗派にもそれぞれ違う仏さんがおる。神社には神さんがおる。これは人間にとって便宜上のもので、全部その大きな存在のことを仏さん神さんと呼んで居るということや。わしらはその大きな存在に生かされておるんや。包まれておると言っても良いわ。そう思うたらなんやありがとうなって手を合わせてしまうんや。

わしらは煩悩にふりまわされて毎日いらん苦労をしながら生きておるけど、その大きな存在の手のひらの上で踊っておるだけや。そう思った時、わしは他の人よりちょっと信に近づいておるような気がした。自分を生かしてくれる存在を信じんでどうする。わしはあえて仏さんと呼ぶが、その仏さんの真似して生きようとしておるんや。今、わしは仏さんに包まれると同時に、自分の心の中に仏さんがおるような気がしておる。ひょっとしたら、信を得る日が近いかもしれんのう」

(ほう、えらいことを考えとるんやのう)

と勘吾は感心したが、すぐ疑問が湧いてきた。

「みょ、明信さん、わしは、な、何人も、不逞の、や、輩を、こ、殺したけど、こ、これは、ど、どう考えたらええんやろ。あの連中も、ほ、仏さんが、い、生かしてくれとったんと、ち、違うんか」

「まあこう言うたら身もふたもないけど、人は自分ではわからんが寿命ちゅうもんがある。その寿命が尽きたと思うた方がええんと違うか。人は望むと望まないとにかかわらず、この世でみんな役目を持っておるんや。役目を果たしたらもうあの世に連れて行かれる。その日は誰にもわからん。普通に考えたら人を殺すのは悪いことや。だけど殺さざるを得んこともある。これは親鸞さんの言う『宿縁』というものやろ。アットシさんは後悔しとるんか」

「こ、後悔と、い、言うより、自分の手で、あいつらの、じ、人生を、お、終わらせたかと、お、思うと、な、何か、ふ、複雑や」

「アットシさんは新選組が嫌なんか」

勘吾は首を振った。

「新選組は荒れた京の治安を回復させておるではないかな。大事な役目やと思うで。それに市中取り締まりの目的は捕縛やいうことを聞いとるで。しょうがなしに相手を斬ることもあると思うけど、それは京を安全にするためのものや。気まぐれで刀を振り回す輩とは雲泥の差やで。アットシさんは正義の役目をしとると思うで」

勘吾は明信がお愛想ではなく心から言ってくれているのが嬉しかった。明信の法話めいた話は勘吾の心を軽くした。

(そうか、わしは仏さんの手のひらで踊っておるんか。まあ踊らされとるんやな。これから先も仏さんにお任せするとしようかいのう。けど、刀を持ってしょっちゅう戦闘しておるけど、仏さんの真似はどうやったらええんかのう)

一生懸命に考えたが、答えは出なかった。

答えが出ない以上、仏力(他力)に任せるしかない。

「仏さんの手のひらで踊らせてもらいます。よろしう頼んます」

と、しおらしく手を合わせた。

第一次長州征伐

九月のある日、勘吾が八十八に聞いた。

「こ、近藤、きょ、局長の、す、姿が、み、見えんが、ど、どこか行っとるんか」

「ああ、江戸だよ。将軍の長州追討へのお出ましを急がせるために、老中の尻を叩きに行くんだとよ」

「きょ、局長は、そ、そんな偉うなっとるんか」

「まあ老中に会えるぐらいだから、そうだろうよ。新選組も格が上がったのかな」

禁門の変の直後、朝廷は長州を朝敵とし追討の勅命を発した。ところが幕府の腰が重たい。征長総督と副総督が決まらないのである。朝廷は将軍家茂《いえもち》にも上洛を要請したが、なかなか動こうとしなかった。京都守護職松平容保は、家茂の上洛要請の使者を送っていた。結局、業を煮やした朝廷が八月の末に家茂進発の勅命を下した。そして近藤は、家茂上洛を急かせるため江戸へ赴いたのである。

将軍家茂の上洛が決まったため、将軍を矢面に立たすことは出来ないと思ったのか、尾張藩主徳川慶勝《よしかつ》が征長総督を受け入れた。七月に勅命が降りてから実に三か月が過ぎていた。どの藩も戦を嫌がった。戦費は自腹なのである。財政が窮乏しているうえ、物価高騰でただでさえ苦しいのに莫大な戦費を調達するのは難しい。

「どうせ幕府と朝廷のやり取りだ。戦に勝ったとて何の見返りも期待出来んではないか。わしらはそれどころではないんだ」

衣食足りて礼節を知る、を地で行くような冷めた見方が蔓延していたのである。そんな事情を知ってか知らずか、近藤は元気だった。近藤にはもう一つ江戸での目的があった。隊士の募集である。この時入隊したのが伊東甲子太郎《かしたろう》だ。入隊後は参謀としての処遇を受けているから余程望まれた人物だったのだろう。伊東は尊王攘夷家だった。意外に思われるかもしれないが、元々新選組は尊王攘夷集団なのである。尊王攘夷志士らと異なるところは反幕府（この時点ではすでに討幕）ではなく敬幕という点だ。幕府を中心として天皇を盛り立て攘夷を行うというものだった。伊東は数年後「御陵衛士」という新選組の別組織を作り対立関係になるが、そのため後に新選組から暗殺される運命にある。

新選組が尊王攘夷集団だと言っても、勘吾にとっては逆だった。尊王攘夷志士と聞いただけでおぞましく震えが走る。尊攘志士とは、それが偽であれ正であれ、ツネを殺された勘吾の敵なのだ。勘吾の中では、尊王攘夷とは単なる建前の標語みたいな感覚でしかない。口先だけのような気がしている。そんな言葉に踊らされて意気がっている奴を見ると腹が立ってくる。長州藩が尊王と言いながら御所を攻撃したではないか。それが何よりの証しではないか。第一、隊内で尊攘を口にする者がいない。みなそんなことには関心がない。職を求めて入って来た者がほとんどなのだ。世情を騒がせる輩を退治して手柄を立てることに奔走している。八十八も然りである。近いうちに長州征伐が始まる。忙しくなる。勘吾は気を引き締めた。

新しく入隊した隊士を含めると新選組は七十名を越えた。十一月、長州征伐を念頭に組織の再編が行われた。それまでの副長助勤制が小隊長制に変更された。一番から九番まである。各小隊長には五人の部下が直属する。勘吾と八十八は同じ一番隊に属した。小隊長は沖田総司である。

「蟻さん、八十八、よろしく頼みますよ」

相変わらず爽やかな顔で沖田が声をかけた。

(なんかやつれたのう)

勘吾は池田屋での沖田の喀血を思い出して心配になった。

「蟻さん、今度も一緒だな。思い切り働こうぜ」

八十八は元気いっぱいだった。江戸から戻った局長の近藤が久しぶりに姿を見せているかと思ったら、また見なくなった。

「や、八十八、きょ、局長は、こ、今度は、ど、どこ行ったんや」

「長州征伐の軍資金の調達だとよ」

（あいかわらずよう知っとるのう）

勘吾は八十八の情報網に感心した。八十八は土方と親しい。普段よく話をしているので、おそらく土方から聞いたのであろう。

「大坂の豪商たちに献金を命じておるらしいが、なんかうまくいかないらしい。何回も出せ出せ言われたらさすがに嫌がるよなあ。なんでも十五万両を出せと言ってるらしいよ」

勘吾は驚いた。

（そら嫌がるわい。そんなことを積み重ねたら恨みを買う。もっと上手にやらんか）

勘吾は、ふんぞり返って商人たちの頭の上から命令している近藤の姿を想像してため息をついた。結局この時、近藤は大坂の商人たちから七万一千両を献金させている。当然会津藩の代理人でもあったのだが、会津藩には五万両を渡し、二万一千両は新選組のものとしてしまった。

近藤が大坂で軍資金調達に走り回っている頃、新選組に出動命令が来た。

「い、いよいよ、ちょ、長州か」

「残念ながら違うんだなあ」

「えっ」

「琵琶湖の瀬田だよ」

八十八は不思議そうにしている勘吾の顔を見ながら、

「水戸天狗党の討伐さ」

（なんじゃいそらあ）

勘吾は余計わからない。八十八が言うには、水戸藩内の内戦で領内の領民に多くの犠牲者が出た。その元凶が水戸天狗党という過激派集団である。水戸の穏健派と幕府軍に攻撃されて水戸にいられなくなった天狗党は、一橋慶喜を頼って西進を始めたという。

「そ、その、て、天狗党と、い、言うのは、な、何が、し、したいんじゃ」

「尊王攘夷の志を慶喜様に訴えて、窮状を助けて欲しいんだろう」

しかし、禁裏守衛総督の一橋慶喜は、武力で幕府へ抵抗した天狗党を許さず討伐を決めたのである。

（尊王攘夷と叫んでおれば何でも許されるはずがないだろうに。憑《と》りつかれた奴には周りのことがわからんのやろうな。本人たちはまともと思うとるらしいが、無茶苦茶やって、困ったら助けてくれは無いやろうが）

尊王攘夷という言霊とも思える言葉の縛りには恐ろしいものがあるな、と勘吾は戦慄する。ともあれ追討軍と共に瀬田へ出陣することになった。

追討軍の出陣を知った天狗党は逃走先の越前の敦賀で降伏した。約八百名のうち、三百五十名が斬首された。これは幕末最大の虐殺と言われる。新選組はただ瀬田にいただけで再び京へ戻って来て、長州への出陣は見送られた。

この月、長州藩が三家老の首を差し出して恭順したからである。征長軍は早々に引きあげた。元々幕府には軍を差し向ければすぐ降伏するだろうとの思惑があり、その思惑通りにはなったのだが、幕閣内では、

「生ぬるい」

としてもっと厳しく対処するよう総督の徳川慶勝に要求した。慶勝は、

「もう撤退した後で、今ではどうにもならない」

とその要求を無視した。

(こちらも懐が苦しいのに、おまえらの言う通りになるか。そんなにしたければ、自分らが出て来い)

といった心境か。この徳川慶勝(尾張藩主)は京都守護職松平容保(会津藩主)と京都所司代松平定敬(桑名藩主)の実兄である。どうも幕府に恨みがあるのかそりが合わない。

(自分たち兄弟ばかりに貧乏くじを引かせるな)

という気分なのだろうか。

ともかく第一次長州征伐は一切の戦闘をすることなく終わった。

討幕派の暗躍

「せっかく気合が入っていたのに、肩透かしをくってしまったなあ」

八十八がぼやく。勘吾は嫌な予感がしている。討幕派の連中は諦めることはしない。追い詰め過ぎると、どんなことを仕出かすかわからない。討幕派は何も長州だけではない。土佐にもいるし、多くの藩に同様の浪士がいる。

元治元年（一八六四年）十二月に長州征伐（第一次）が終わったが、その翌年慶応元年（一八六五年）一月、早速討幕派浪士たちの計画が明らかになった。それは、幕府の長州征伐を牽制するために、大坂城を焼き討ちにして市中を混乱させ、上京して佐幕派大名を暗殺するというものだった。この首謀者は七人の土佐浪士たちだが、長州藩が戦わずして降伏したため、幕府への牽制という目的が達せず延期状態になっていた。

新選組の大坂拠点を預かる谷三十郎以下四名が、松屋町筋瓦屋町の善哉《ぜんざい》店石倉屋に斬り込み、大利鼎吉《おおりていきち》を殺害した。店には大利を含めて二人しかいなかった。他の一人は逃げた。が、押収した書類などから前記計画が判明したのである（善哉屋事件）。

「や、八十八、ゆ、油断、で、出来んのう」

「ほんとになあ、地面から出て来る虫みたいに、いろんなところから湧いてきやがる」

「も、もし、この企てが、わ、わからんかったら、お、大坂は、ひ、火の海だったちゅうことやな」

「そうだな、よく谷さんらが防いだよ」

勘吾はもやもやしている。

（新選組が大坂を火の海から守ったんやろう。もっと褒められてええのと違うか。それなのに何で新選組は嫌がられるんや）

八十八に思わず愚痴ると、八十八の講釈が始まった。

「それはだなあ、あいつらはもう尊攘志士だとして表を闊歩できない。当然に密かに行動せざるを得ない。だから町の衆には直接迷惑をかけない。そこへいくと新選組は表で勝負する。怪しいと思う奴には真っ昼間の路上でも詰問し、刀で抵抗すれば衆目の前でも斬り捨てる。潜伏浪士のいる場所へ斬り込みをかける。まあ人前で派手にやらかすんだ。そんな場面を目の前で見せつけられて、嫌がったり怖がったりしない人がいるかい。

新選組は殺人集団だと陰で言われても仕方ないよ。要するにおれたちは、町衆に直接の迷惑者なんだよ。おれたちが何の目的でやっているのかは、町衆には関係ないんだ。刀の斬り合いは武士が勝手にやっているくらいにしか思っていない。身分の違う自分たちには関係ないと決め込んでやがる。だから討幕派の浪士たちよりも直接に迷惑する新選組が嫌われるんだ。自分勝手なもんだな」

（なるほどなあ、そんなもんか。それにしても報われんのう）

二人は屯所で話している。この頃新選組の屯所は西本願寺へ移っていた。大きい建物が多く、それに敷地が広い。これは訓練に最適だった。訓練とは銃砲の訓練である。新選組は刀だけでなく大砲、小銃の訓練もしていた。禁門の変でその威力をまざまざと見せつけられ、これからの戦の主力ということが身を持ってわからされた。銃砲で敵をかく乱し、相手が浮足立つと刀で斬り込むという戦法だ。その訓練音の大きさと騒々しさに西本願寺は頭を抱えた。数度の申し入れで訓練日の幾日かは元の屯所の壬生寺で行うことにしたが、あまり守られなかった。西本願寺は禁門の変で長州兵を匿ったりしたので監視対象でもあったのだ。

勘吾も八十八も硝煙に包まれながら鉄砲を撃った。銃は火縄銃だ。

「うわっ、硝煙の臭いが着物に沁みついているよ」

訓練が終わり、屯所に帰ってから八十八が辛そうに言った。勘吾がふと顔を上げると、沖田が緊張した顔つきで外出の準備をしている。

「お、沖田さん、な、何か、あ、あったんですか」

「ああ蟻さんか。今から山南さんを迎えに行くんだ」

沖田が無理に笑顔を作って言った。総長の山南敬助は、近藤、土方、沖田らとは新選組生え抜きの仲間だった。その山南は病気療養のため琵琶湖のほとりの大津で過ごしていた。もう病気も回復して帰京するはずが、いつまでたっても帰って来ない。催促しても動かない。その態度に近藤が怒った。近藤は山南を脱走と決めつけた。

「連れ戻せ。言うことをきかなければ斬れ」

と、沖田に命令したのである。勘吾の前で沖田は萎《しお》れた。

「まいったなあ。蟻さん、こんな気の乗らない隊務はないよ」

翌日、沖田は山南を連れて帰って来た。山南は即日切腹と決まった。介錯は沖田である。沖田はずっと辛そうだった。元々白い顔色が真っ青に変わっている。山南の介錯をした沖田はまるで夢遊病者のようだった。

（芯から辛そうやなあ）

山南と沖田が仲の良かったことを知っているだけに、勘吾は心から同情した。だけどなぜ山南は脱走したのだろう。まあ脱走という言葉が当てはまるか疑問だが、姿をくらます機会はいくらでもあったはずだ。しかし何か諦めきったように沖田と連れ立って帰って来た。これから生きていくのに絶望したことがあったのだろうか。おそらく山南は沖田には話しただろうが、沖田は何

も言わない。八十八に聞いてみたが、

「さあ、おれにもさっぱりわからないよ。山南総長は教養人だからね、もしかして新選組に自分の理想が見いだせなくなったということかもしれないよ。いや、どうも違うかなあ。蟻さん、おれみたいなバカにはわからないよ」

勘吾は武士としての矜持や志を持って生きているつもりだったのに、山南の心の奥に密かに沈むものに全く見当がつかず、自分の人生が意気がった軽薄なものに思えてきた。

(何やろうなあ、生き様ちゅうことかいな。いやもうちょっと何か奥にあるような気がするけど、それが何かわからん。八十八がわからんのにわしには余計わからんわい)

そのうち、勘吾が疑問を考える暇のないほど事態が緊迫してきた。

将軍家茂が再上洛するという。

第二次長州征伐

「や、八十八、な、何でや」

「また長州を征伐するんだとよ。懲りないで抵抗しようとしているらしい」

「し、しつこいのう」

「おれたちもうかうかしておれないよ。京を騒がせる企てがあると見といて間違いない。探索して目を光らせておかなければなるまいよ」

連日の探索の結果、京の北東部の松ヶ崎で潜伏していた長州人を捕らえた。尋問した結果、京市中を混乱させる計画があり、これには百人ほどで実行することになっている、すでに二十人が国元を出立していることを自白した。新選組は目星をつけていた数か所の場所へ乗り込み五名を捕まえた。

「蟻さんよ、もし長州人を捕まえなかったら、市中でいっぱい死ぬ人が出ていただろうなあ。それでも未然に防いだおれたちが町衆に感謝されないんだ。なんともやるせないよな」

「ほ、ほんまにのう」

と勘吾もふて腐れるが、世情の空気は簡単に変わらない。休む間もなく勘吾たちは近江大津へ出動した。膳所《ぜぜ》藩の討幕派藩士川瀬太宰《だざい》の将軍暗殺計画が発覚したのである。川瀬は、膳所で宿泊予定の将軍家茂の爆殺と釣天井仕掛けでの殺害を計画していた。川瀬はすぐ捕らえられたが、その仲間が二十人おり、勘吾たちはその捜索と捕縛に当たった。将軍家茂は宿を膳所から大津へ変更して入京。新選組は二条城まで警護を務めて帰営した。慶応元年（一八六五年）五月二十二日のことである。

長州再征伐の理由は、昨年の外国船への砲撃の損害賠償金三百万ドルを幕府へ押し付けたばかりか、武器密輸入により皆兵の武装化を進めていることに幕府が切れたのである。しかし長州藩と薩摩藩が水面下で手を結びつつあることを幕府は知らない。薩摩藩は武器をイギリスから買って長州へ送る。長州藩は食料不足に喘ぐ薩摩に米を送る。その仲介をしたのが坂本龍馬の亀山社中だった。亀山社中の船で両方の藩に運ぶのである。

長州藩はイギリスから最新の銃を手に入れた。ミニエー銃と呼ばれる小銃は、砲身の内側にライフリング（螺旋状の溝）を刻んでおり、的に当てる正確さや飛距離がまるで違っていた。未だ火縄銃が中心の幕府軍とは比較にならなかった。長州藩は高杉晋作が創設した奇兵隊によって、国民皆兵という近代的軍制の基礎が出来ていた。そこへ後の陸軍総司令官大村益次郎が登場して、兵制を整備して訓練を重ねた。将軍家茂が上京したのはまさにその最中だったのだ。急いで長州征伐を実行しようとした幕府に待ったをかけたのがイギリスだった。三百万ドル賠償問題と兵庫開港問題である。どうもイギリスは幕府に難癖をつけて、長州征伐の時期を引き延ばそうとしているようだった。イギリス、長州藩、薩摩藩、坂本龍馬は一蓮托生だ。イギリスの伝統的植民地政策は、相手側の民族対立、宗教的対立などの国内的軋轢に乗じて、その一方を支援して分割統治を行ない支配するというもので、その政策に則ったものと言える。

将軍家茂が上京してその後大坂城へ移ったのが五月だった。紛糾した兵庫開港問題は、禁裏御守衛総督の一橋慶喜の鬼気迫る説得に孝明天皇が応じて勅許を下した。それが十月五日だった。そして長州征伐が始まったのは実に翌慶応二年（一八六六年）五月だった。この間、長州藩は最新武器を備え、新しい兵制で訓練を繰り返して十分に練度を高めていたのである。

前年の十月にさかのぼる。

「お、おい、ま、また将軍のけ、警護に、つ、つくらしいのう」

「蟻さんよう、何か風向きが変わって来たみたいだよ。将軍が辞めたいと言って駄々こねてるらしいよ」

「ま、まさか」

「本当らしいよ。詳しくはわからんが、余程辛いんだろうな。まあ翻意したらしいが、幕府はこんなので大丈夫かねえ。おれは心配だよ。屋台骨にひびが入っているんじゃあないかってね」

（嘘やろう）

勘吾は絶句した。はやらない小料理屋の親爺とは違う。天下の将軍ではないか。あり得ないだろう。

「幕府の権威も落ちたよなあ。朝廷に振り回されっぱなしじゃないか。朝廷など武力は全く無いんだぜ。一昔前までは幕府の政道に文句は言えなかったんだけどなあ。頼りがいがなくなるな。

蟻さん、おれたちのこれからはあまり明るいとは言えないかもしれんな」

（そら考え過ぎじゃ！）

と叫びたかったが、前から感じていた疑問が再び湧き上がった。隊士募集の話を聞いた時、なぜ浪士に将軍の警護をさせるのかということである。旗本八万騎がいるのになぜ浪士隊なのか。それこそあり得ないだろうと思った。しかし考えてみれば、あり得ないことに自分は身を置いている。あり得ないことが起こる世の中になって来たのかもしれない。固く結んだ結び目がそろそろとほどけていくような無秩序が進んでいるのかもしれない。

勘吾は今までの当然と思われている秩序や価値観が変わってくるかもしれないという不安に襲われた。その時、自分たちの立ち位置はどうなるのだろうか。勘吾はそこで考えるのを止めた。

（わしが考えてもわからんわい。今のことを続けるしかないやろ）

勘吾たちは相変わらず市中で討幕派浪士の探索に当たっている。しばらく顔を見なかった近藤が久しぶりに屯所へ現れた。隊士八名とともに長州へ敵情視察に行っていたとのことだった。

「いやあ、長州へは入れなかったが、かなり不穏な空気が流れていたのは感じたよ。だからと言って謹慎恭順の態度は変わらなかった。だからよけい不気味だった」

と話している声が、勘吾にも聞こえた。近藤は次の日から銃砲の訓練日を増やした。

そうしているうちに翌慶応二年（一八六六年）の年が明けた。この年の五月に開戦するのだが、

一月に密かに大きな出来事が起こった。「薩長同盟」である。勘吾の思う、あり得ないだろうがまた起こった。世間は、

「今度こそ長州は潰されてしまう。可哀そうに」

としか思っていない。幕長戦争に長州が勝利して、それ以後薩摩と長州が武器を整えて討幕に向かうとは、誰も予想していない。勘吾も、

（長州はもう駄目やろう。けどまた不逞浪士が潜伏して良からんことを企むやろうなあ。市中の見回りを気合入れてやらんといかんわい）

と、思っている。

第二次長州征伐（長幕戦争）は、同年五月に開戦した。幕軍十万人に対し長州軍四千人である。圧倒的有利の幕軍が長州軍を一挙に潰すかと思われたが、全ての戦場で敗退した。それもあっという間の敗戦だった。これは一言で言うと、背水の陣で必死の長州軍とやる気のない幕府軍との差であった。全国諸藩は、

「幕府はこんなに弱かったのか」

と、驚き呆れた。もう権威も何もない。幕府は密かに見限られた。新選組は戦場へは行っていない。隊士の山崎丞《すすむ》と吉村貫一郎が物見で戦争の状況を見ていたが、あまりの幕軍の不甲斐なさにたまりかね、帰京して近藤らに報告している。激昂した近藤は、新選組の参戦を松平容保に願

い出たが実行されることはなかった。この中で、大坂城にいた将軍家茂が亡くなった。幕軍の士気は一挙に低下した。京にいた一橋慶喜に次期将軍の要請があったが、慶喜は断り続けた。ただ徳川宗家は相続した。そこで慶喜が吼えた。

「毛利父子は徳川の仇である。自分が出馬して山口城まで攻め入り、たとえ一騎までなろうとも叩き潰す」

旗本一同を集めてそう宣言した。これは他の大名は当てにせず、徳川だけで戦うという私戦を意味する。旗本直轄軍一万人、大砲八十門を率いて、いざ戦場へ向かおうとした時、小倉口戦線崩壊の知らせがもたらされた。慶喜が、

「敗けたか」と聞いて、報告者が、

「敗けました」と答えるや、

「じゃ、止めた」

と言って出発を中止してしまった。周りの者は唖然として言葉もなかった。慶喜にはこういうところがある。自分のとった行動がどのような影響を及ぼすかは考えないのだ。しかし旗本たちの間には安堵感が広がった。旗本八万騎は幻になり果ててしまっていた。

勘吾と八十八が屯所で囁き合っている。

「おい大変だ。幕府軍が長州に敗けてしまったそうだぜ」

「ま、またあ、ま、敗けるはず、な、ないやろう」

「それが本当なんだ。十万の幕軍が四千の長州軍に敗けたんだ。近藤局長と土方副長が話しているのを聞いたんだ」

勘吾は頭が追い付いて行かない。

(そんなあほな)

呆然とした。またまたあり得ないことが起こった。世の中一体どうなってる。

「こりゃあ覚悟しておいた方がいいな。幕府は完全にガタがきていることがはっきりしたんだ。おれたちに逆風が吹いてくるかもしれないな」

「ぎゃ、逆風て、な、何や」

「幕府がおかしくなりゃあどうなる。代わりが出て来るだろう。もし長州が代わりに出てきたらどうなる。お尋ね者を退治しているおれたちが反対にお尋ね者になるんだ」

「あ、あほか、そ、そんなことが、あ、あるかい」

「そう願いたいよ」

八十八は深いため息をついた。勘吾は納得できない。自分のしていることは正義のはずだ。それはどこから見ても間違いない。それが逆転して罪人になるかもしれないというのはあろうはずがない。

（八十八の考え過ぎじゃあ）

と言いたいが、そう言えない何かを感じる。

御陵衛士

慶応二年（一八六六年）九月、「三条制札事件」が起こった。三条橋西詰の制札場に掲げられていた、長州藩を朝敵とした幕府の高札が引き抜かれ、橋の下に捨てられたというものである。高札はすぐ付け替えられた。再度引き抜かれる恐れがあるので新選組が監視をしていた。二日後の夜、土佐藩士八名が犯行に及ぼうとしたところで斬り合いになった。二名斬殺、一人捕縛、他の五名は逃走した。勘吾も八十八も現場に駆け付けたが、すでに事は終わっており、逃げた者の探索に移った。

このように幕長戦争の余波的動きが散発してくる。長州に敗戦した幕府の中で、なぜか一人気を吐いているのが徳川慶喜だった。慶喜はフランスと手を結んで軍制の整備にかかった。一万数千人のフランス式近代陸軍がこの一年後に出来上がる。

同年十二月、慶喜は徳川第十五代将軍となる。孝明天皇の後押しを受けて巻き返しを図るつもりだったが、十二月末、突然孝明天皇が崩御される。それでも慶喜はめげない。整備中ではあるが近代陸軍の圧力を背景として朝議を主導していく。慶喜の弁論力は飛びぬけており、一昼夜喋らせても平気で、とにかく気力旺盛なのだ。幕長戦争の敗戦は形上休戦ということだった。だから戦争は継続状態のままだったのである。慶喜は長州藩への寛大な処分の勅許を得た。これによって長州は朝敵でなくなり、幕府も征長の備えをとり続ける必要が無くなった。

さて新選組である。孝明天皇の葬送の厳重な警備を行うなど、討幕派への警戒を続けていた。そこに大きな事態が発生した。伊東甲子太郎一派による新選組分離騒動である。それは孝明天皇の陵墓守衛を名目とする禁裏御陵衛士を拝命し、伊東らが新選組から独立しようとするものだった。御陵衛士は幕府山陵奉行配下の一部門だった。天皇の御陵を守る役目ではあるが、京の治安の維持を図るのは変わりない。伊東は、泉涌寺《せんにゅうじ》塔頭戒光寺の長老の僧堪然に渡りをつけて御陵衛士を拝命することに成功した。泉涌寺には孝明天皇の陵墓がある。すでに御陵衛士を拝命している以上、近藤も土方も新選組からの分離を認めざるを得なかった。

しかし腹の内は違う。いくら御陵衛士を拝命したとはいえ、分離は新選組の方針に反する。これ以後近藤らは殲滅の機会を狙っていく。伊東は元々尊王攘夷派で敬幕府派なのだが、この頃から少し変わって来た。討幕派と同調するようになる。九州へ行き討幕派と面談している。幕府に見切りをつけたかのような行動だ。近藤らは伊東の裏切りとも言える態度を感じている。伊東は堂々と十二名の隊士と共に新選組から独立した。慶応三年（一八六七年）三月のことである。勘吾が頭を傾げる。

「や、八十八よ、な、何で、い、伊東さんは、た、隊を割らんと、い、いかんのや」

「さあね、お山の大将になりたいのと違うか。それか、幕府はもう先がないと見たのかもしれないな。伊東さんは口舌の徒だからな。うまく言いくるめられた奴がその気になって出て行ったが、この後どうするつもりかな。おれは訳知り顔をしていつも偉そうな態度をしている伊東さんは大嫌いだよ」

「い、伊東さんは、と、討幕派の、れ、連中に、は、入る、つ、つもりかのう」

「まさか、伊東さんは新選組の重役だった人だぜ。そんな人が合流しようとしても相手が受け付けないだろう。もしそんなつもりがあるのなら、手前勝手な策に溺れているということだろうよ」

八十八の手厳しい言葉にも勘吾は首を捻り続けた。勘吾にとって伊東は好きでも嫌いでもない。ただ幹部として存在感を示している人だとしか思っていなかった。勘吾がもやもやしているのは、藤堂《とうどう》平助が伊東について行ってしまったことだった。藤堂は江戸で北辰一刀流の伊東道場に通っていたことがある。その後天然理心流の試衛館に入門した。そこで近藤や土方、沖田と技を競った。互いに仲が良かった。たとえ江戸で伊東と懇意だったとしても、簡単に試衛館の仲間を尻目に出来るものなのか。思い出してみれば、伊東は教養が深くそれなりの人間性がある人物とされていたが、勘吾には全く響かなかった。話し上手な人としか映らなかった。八十八の方が伊東をよく見ているような気がする。勘吾は藤堂に親しみを感じていた。藤堂の決して敵に後ろを見せない気迫あふれる闘志は密かに手本にしていたのだ。それでいて普段は穏やかで良く自分に話しかけてくれた。そんな藤堂があっさりと新選組を出て行ってしまった。

「平助もか」

と近藤と土方が唸った。よほど意外だったのだろう。数日後に勘吾はやつれた顔の土方を見た。目が異様に光っている。憎しみの目だ。勘吾は立ちすくんだ。それを土方が見た。途端、土方の目の光が消え、ちょっと照れくさそうな笑いを浮かべながら通り過ぎて行った。勘吾はこれ以後もあんな土方の形相を見たことがない。

大政奉還

この年の六月、新選組は屯所を西本願寺に近い不動堂村へ移した。新選組の行状に頭を痛め、一刻も早く追い払いたい西本願寺が土地建物の費用を負担したものだ。同じ月に新選組は幕臣として取り立てられた。近藤は御目見得以上の身分になった。御目見得とは将軍に直接拝謁出来る身分だ。この時隊士は百名余りであった。

「歳《とし》よ、ついに幕臣になったぞ。おれは御目見得以上だとよ。世の中面白れえよな、多摩の百姓が将軍に会えるまでになっちまった」

近藤が嬉しさ余って土方に話しかけた。土方は横目でふんと言って、

「近藤さんよ、あまり有頂天にならないほうがいいぜ。世が乱れてきたからこんなことが現実に起こるんだ。せいぜい利用し尽くされないよう用心するんだな」

「水を差すなよ。おめえさんは素直じゃないからいけないよ。新選組も幕臣になったからには活躍の場が大いに広がるぜ。ひとつ暴れてやろうぜ」

土方が苦笑した。土方も嬉しいのである。しかし新選組がはしゃいでいる間にも、政局は水面下で大きく動いていた。今度は西郷隆盛、大久保利通が薩摩藩の権力を実質掌握し、その薩摩藩を中心として武力討幕論が動き出していた。そこへ出てきたのが土佐藩だった。藩主山内容堂が大政奉還の建白を行なったのである。これは、徳川家が一大名と同じ列になって新政権に加わるという案で、坂本龍馬から藩参政の後藤象二郎を経て容堂へもたらされた。容堂の顔が輝いた。出遅れていた土佐藩が国の主導権を握れると思ったからだ。容堂は薩摩藩からも簡単に建白の了承を得たが、実は薩摩藩は大政奉還など出来るはずがないとタカをくくっていたのだ。そんなこ

とよりいつ討幕行動を起こすかと機会を窺っていたのである。

建白書は老中板倉勝静《かつきよ》から将軍慶喜に渡された。板倉はおずおずと建白書を慶喜に渡した。慶喜が烈火のごとく怒るのは覚悟していたが、意に反して慶喜は嬉しそうに目を輝かせたのだ。

「よくぞ申した」

慶喜は待っていたかのようだった。板倉は一瞬信じられないものを見たような気がした。まさかである。慶喜が笑みを浮かべている。板倉は顔が真っ青になった。

「何と言うことだ、徳川が終わる」

板倉に絶望が襲った。板倉が幕府の終焉を最初に知った人物になってしまった。

一方、新選組は間断なく京市中で討幕派を探索して捕え続けている。この時期は浪士と言うより公家の家臣がやり玉にあがる。西六条家家臣早瀬内匠《たくみ》、鷲尾家家臣山岡将曹、有栖川宮家家臣藤井少進らである。京の四方に放火し、御室御所（仁和寺門跡）を奉じて伯耆《ほうき》大山《だいせん》に立てこもり、義兵を天下に起こすとしている。これに関しては薩摩藩などいわゆる討幕派との連携は薄い。勘吾はまた頭がもやもやしてきた。長州ばかりに目をやっていると、いつのまにか薩摩が討幕派になっていた。公家の中からも討幕集団が現れた。

（ほんまに油断できんのう、雨後のタケノコみたいじゃ。どこからでも出て来るわい）

勘吾のような平隊士には政局の動向などわかるはずがないのだが、何か風向きが変わって来て、嫌な物が向こうから近づいてくるような気がする。

慶応三年（一八六七年）十月十五日、「大政奉還」の勅許が下りた。ほとんど同時に岩倉具視から、長州藩主父子に官位復旧の沙汰書と薩摩藩大久保利通に討幕の密勅の写しが下された。だが討幕の密勅は空振りに終わった。なぜなら、もう幕府は存在しなかったからだ。しかし、こんなことで討幕派は諦めない。

それよりも新選組だ。大騒ぎになった。

「なんだあこれは。おれたちはもう幕臣でなくなったのか。つい半年前になったばかりではないか。どうなってるんだ！」

近藤が怒鳴りまくる。土方が仏頂面で側に座っている。

「まあ何だな。幕府がなくなった以上、おれたちは徳川の私兵になったということだな。徳川は大所帯だ。そうたやすくなくならないよ。政事ができるのは徳川しかいねえじゃないか。大丈夫だよ。成り行きを見るしかねえよ。それより薩摩や長州がどうでてくるか警戒しなきゃな」

「そ、そうだな」

近藤は憤懣やるかたないといった表情でその場にどかっと座った。近藤と土方の声を他の隊士たちは聞いていた。心配して近くで聞き耳を立てていたのである。勘吾は、

（またあり得ないことが起こったな）

と思ったが、意外に平静だ。振り返って見れば、あり得ないことばっかりだった。その連続で慣れてしまったらしい。これからどうするか。どうするもない。世を騒がせる奴らは退治していく、ただそれだけだと思う。

「や、八十八、ど、どう思う」

「どうもこうもあるかっ」

怒っている。

「蟻さんよ、それこそおかしいと思わねえか。おかしいと思うことだらけで、おれは疲れるよ。何で将軍が勝手に自分の職を放り出すんだ。それも幕府付きでよ。今からこそ討幕派の奴らとの決戦の時じゃねえか。そんな時に逃げるとはなんと情けない奴じゃねえかよ。な、そうだろう、そう思わねえか。おれたちみたいに馬鹿正直に戦っていて、つい後ろを見たらもぬけの殻では気合も入らねえ。これからどうなるか知らないが、討幕派の連中が自分たちこそ正義だとぬかすんなら、おれは徹底的に戦うぜ。ご都合主義の正義などしゃらくせえ。おれは怒ったぞ!」

八十八の顔が真っ赤だ。勘吾は、八十八は漢《おとこ》だと思って嬉しくなった。男は、武士はこうでなくてはいけない。勘吾は父の勇之進から武士とはということを叩き込まれた。別に言葉にすれば難しくない。常に潔くあれ、卑怯な真似はするなということである。しかしいざ現実になると、その反対の武士がいかに多いことか。口では士道、士道とわめいているが、いざとなったらこそこそといなくなってしまう。卑怯千万、潔さなどみじんもない。武士道の精神を持ちそれを実践していくことは本当に難しい。八十八は違う。本当に武士としての精神を持ち、それを全うしようと常に心掛けている。側で見ていて勘吾はそれを強く感じていた。八十八はその力量から当然幹部になってもおかしくない。しかし本人にその気持ちがなく、上に遠慮なくものを言う野武士だ。土方と親しくよく話をしており、土方も八十八を幹部に推挙するのだが、

「土方さんはそんなにおれの力を削ぎたいのですか」

と歌舞伎役者のような顔で詰め寄る。

「私は今まで幹部以上の働きをしていると思っています。それは土方さんも認めるでしょう。そんな目配りしなきゃいけない幹部になんぞなったら、おれの力は半減する。これは新選組にとって大きな損失ではないですか」

と言って土方を閉口させる。とにかく八十八は武士道精神を持った平隊士なのである。

事実、「大政奉還」が知れ渡ると、隊士の中に脱走する者が増え始めた。新選組の将来に見切りをつけたのだ。見つけられ切腹させられる者もいれば、行方不明になってしまう者もいた。勘吾と八十八はぶれない。脱走などという卑怯な真似は出来ないと固く思っているからだ。おそらく避けられないであろう戦に向けて気力を養っている。

伊東甲子太郎暗殺

十一月、勘吾と八十八に出動命令が来た。伊東甲子太郎を殺害するという。

（なんのこっちゃ）

勘吾にはよくわからなかったが、組を割った伊東一派に対して、新選組は報復の機会を狙っていた。間者として潜入していた斎藤一から知らせがもたらされた。伊東が、近藤勇やその幹部らを殺害して自分が新選組の大隊長になると宣言したというのだ。その方法も屯所を焼き討ちにして逃げ出す者を切り捨てるという。「大政奉還」で伊東は調子に乗ったらしい。

近藤たちは機会到来として先手を打ったのである。折よく伊東から近藤に借金の申し込みがあり、それに応じるとして近藤が伊東を招いた。伊東は何も警戒せず一人で来ている。屯所の休息所で近藤以下土方歳三、原田左之助、山崎烝らが歓待した。伊東はしたたかに酔って午後八時半頃屯所を出た。その帰路を新選組は狙った。伊東が謡曲を謡いながら木津屋橋通りを東へ歩いて油小路通りに差し掛かった時、陰に潜んでいた大石鍬次郎以下四名が襲った。板塀の隙間から大石が槍で伊東を貫いた。伊東は逃げようとしたが、よろよろと歩いただけで他の隊士に斬られて絶命した。伊東の遺体は油小路の辻にそのまま放っておかれた。やがて引き取りに来るであろう御陵衛士たちを待ち伏せしたのである。

午前零時頃、御陵衛士八名が油小路の辻へ到着した。そこへ隠れていた新選組隊士三十五名が斬りかかった。三十五名の内十七名が龕灯《がんどう》提灯で相手を照らし、他の隊士が斬り込むという方法を取った。勘吾と八十八はむろん斬り込む方だ。相手が照らされているといっても誰かよくわからない。勘吾は夢中で得意の突きを入れたが、相手も鎖帷子を着けているので手応えがあまりない。夜の闇が手元を狂わせる。それでも何人かに怪我を負わせることは出来た。結果、御陵衛士三名を斬殺、残りは逃走した。斬殺した中に藤堂平助も含まれていた。藤堂は伊東の遺体を駕籠の中に収容していて斬られた。背中から一太刀、振り向きざまに顔面を斬りおろされた。即死だった。

近藤は藤堂平助の死を聞いて、

「そうか」

と沈痛な表情でつぶやき、部屋に閉じこもってしまった。

「平助は見逃せ」

と言っていたらしいが、隊士の間に指示が徹底されていなかった。

「と、藤堂さんが、し、死んでしもうた。辛いのう」

「いい人だったよな。伊東さんに言いくるめられなければ一緒にいられたのになあ」

八十八が珍しくしんみりしている。

「伊東さんが近藤局長らを殺して新選組を乗っ取ろうとしなかったら、こんなことにはならなかったろうに。潔い武士は騙されやすいのかね」

そうかもしれないと勘吾は思った。藤堂平助は決して後ろを見せない闘士で潔い武士だった。勘吾も八十八も少なからず親しみを感じていた。しかしその潔さは、真っ直ぐな性格に繋がる。純粋なというか単純なところがある。騙されやすいのかもしれない。勘吾は武士たるもの潔さは絶対になくてはならないと思っている。だけど潔さゆえに利用されやすいということが納得できない。

八十八に聞いてみた。八十八は少し間をおいて言った。

「蟻さんよ、今度の伊東さんへの仕打ちをどう思う。騙《だま》し討ちだよな。さらに伊東さんの死体を餌にしておびきだした御陵衛士の連中を襲った。それで一挙に片が付いたんだがな、あまりに卑怯で潔さがないとは思わないか。はっきり言っておれは気分が悪い。自己嫌悪になりそうだよ。しかしな、これは仕方のないことなんだ。伊東さんや御陵衛士の連中を退治するには最も良い方法なんだ。なにせ新選組を乗っ取ろうとしたんだぜ。近藤局長や隊士たちを殺害しようとしていたんだ。先手必勝だよ。それも一瞬にして勝負をつけなければいけない。あれ以外に方法はないだろうよ。

武士道精神で武士を生きるというのはおれの理想でもあるんだ。卑怯なことをせずに潔く生きたいよ。その生き方を全う出来るんなら、おれは利用されてやるよ。いいじゃねえか、自分の理想とする生き方が出来るんだからそれもいいよ。藤堂さんも今度は死を覚悟していたんじゃないかな。堂々と渡り合って死ぬつもりだったんだよ。その証拠に鎖帷子はつけていなかったということだ。潔いいじゃねえかよ。おれも辛いが、藤堂さんは武士を全うしたんだ。おれはそう思いたいね」

八十八は八十八なりの武士道精神を自分の中心に据え付けてそれに添おうとしている。しかし、現実がその生き方をぶれさそうとしていることに必死で抗いながらも、自分の生き方を貫こうとしている。勘吾はまた八十八に教えられた気持ちになった。

(些末なことに心を揺らしていても仕方ないか。要は自分の生き方に、自分の心の奥の声を素直に聞き続ければいい。今のところ、わしの心の奥はぶれていない。やはり仏さんが与えてくれた役目なんかのう)

と思ったら、気分が軽くなった。

二条城退去

十二月、政局が大きく動き出した。「大政奉還」した慶喜は、天皇を国家元首として上に頂き、実際の政治は慶喜が指導者となって改革を行ない、その後イギリス型の議会制度に移行するということを考えていたようであるが、討幕派勢力は武力革命の意思を鮮明にし始めた。

討幕の密勅（これは偽勅だった）を口実に、薩摩藩兵三千人、長州藩兵千二百人、安芸藩兵三百人が入京した。土佐藩は薩土同盟により、もし戦いが始まれば討幕派として参戦するべく藩邸で約百名の藩兵が待機していた。

「大政奉還」のひと月後、「王政復古の大号令」が朝廷から発せられ、すぐ朝議が開かれた。目的は慶喜潰しである。新政権に慶喜を参加させず、官位（内大臣）と徳川領地の返納を求めるとした。この会議（小御所会議）は深夜まで紛糾した。慶喜に対する処置に対し、土佐山内容堂、越前松平春嶽、尾張徳川慶勝らが反対したためである。

別室で控えていた西郷隆盛が、

「短刀一本あればすぐ片が付くではないか」

という言葉を岩倉具視に伝えさせた。岩倉はそっとその旨を付近の者に囁いた。会議はこれで決した。命を張ってまで反対をする胆力のある者がおらず、皆黙り込んでしまったのだ。

この時期はすでに武力討幕の中心的人物として薩摩の西郷隆盛、大久保利通、そして公家を討幕に染めていたのは岩倉具視だった。要するに維新の大事業の絵を描いて、後戻りのできないほどの奔流を作ったのはこの三人だったのだ。もう一人、玉松操《みさお》である。勤王家で国学者、岩倉具視の謀臣、討幕の密勅や王政復古の大号令の起草はこの人物による。有名なのが鳥羽伏見の戦いにおける「錦《にしき》の御旗《みはた》」である。元々朝廷には存在しなかった錦旗というものを岩倉と図って勝手に拵えた。さすがの岩倉も不安になったが、玉松は自信満々だった。予想通り錦旗を見た幕府軍はその場を逃げ出した。玉松は得意満面だ。しかし明治になって政府の欧化政策を目の当たりにした玉松は、

「こんな世にするためにおれは力を貸したのではない」

と憤慨し、絶望して京の郊外に籠ってしまった。一年後に病死したというが、本当に病死なのか実際のところはわからない。

「王政復古の大号令」の直後の朝議が開かれた時、慶喜は京の二条城にいた。フランス式兵制を整え、最新の武器を持った慶喜の私兵ともいうべき陸軍部隊が五千人余り、会津藩兵が二千五百人、桑名藩兵が千五百人、合計一万人余りの兵が睨みを利かしていた。一方、薩摩藩など武力革

命勢力は五千人。京は一触即発の状態になった。新選組はもちろん二条城にいる。

「大層なことになって来やがったなあ。なんでも慶喜公は新しい政府から外されるらしいぜ。領地も返せと言われてるらしい。みな怒りまくっている。そろそろ戦かな」

土方が近藤に話しかけた。

「ここには新しい小銃と大砲がある。やるなら今だが、どうするかねえ。おれだったら間髪入れずに御所へ奇襲をかける。天皇を奪い取ればあとは何とでもなる。おれたちが御所警備にまわり周囲を固める。それからこちらの都合の良い勅諚を出させればいいんだよ」

近藤は頷いて、

「そうだよなあ。しかしだな、そんなことを今考えて計画している奴がいるか。もしいるのだったらもう軍議が開かれているはずだがな」

土方が顔をしかめて
「なんか、今頃から陸軍奉行らが集まって戦術会議をするらしいぜ。悠長なもんだ」

と、吐き捨てた。

慶喜はどうしたか。

武力衝突を避けるとして、京を去り兵と共に大坂城へ向かったのである。

鳥羽伏見の戦い

「お、おい、や、八十八よ、な、何で、わ、わしらは、み、都落ちせな、ならんのや」

「慶喜という、以前に将軍をしていた人は、いざという時には逃げることにしているみたいだな。天下の大坂城で諸藩の兵を集めて長期戦だと言っておると聞いたが、京を明け渡した時点でもう詰んでいるよ。天皇も一緒に連れて出ればよかったのに、もう囲い込まれてしまった。逃げるのに懸命で、策なんてありゃしねえ。蟻さんよ、あれが武士の棟梁だった人だよ。『武士道の鑑』だな」

八十八の思い切りの皮肉に勘吾はつい笑ってしまった。

新選組は伏見へ転進を命ぜられた。京に拠点を確保しておくためである。伏見奉行所が空き屋敷になっていたのでそこへ入った。慌ただしい転進だったので、金は足りない、食料もない、料理道具もないといった有様で、世話役係のはずの与力は逃げ出してしまっていない。しょうがないので米屋に米の提供をさせ、道具類は近所の民家から強引に取り寄せ、寺田屋に炊き出しを命じた。勘吾の嫌う無頼集団に新選組はなってしまった。

さらに悪い事態が起こる。近藤が御陵衛士の生き残りに鉄砲で狙撃され重傷を負ったのである。右肩を打たれた近藤は、馬を飛ばして伏見奉行所まで逃げ帰って来た。そこでは十分な治療が出来ないため大坂へ送られた。この時一緒に沖田総司も送られた。結核の悪化でもう立ち上がることも出来なかったのである。近藤はその後右腕が利かなくなった。刀が握れなくなってしまった。大坂町奉行所で療養しているため、「鳥羽伏見の戦い」には参戦できなかった。

勘吾は伏見奉行所で過ごしている。八十八が日ごとに元気がなくなっているのが気にかかる。

「や、八十八、げ、元気だせや。そ、その内、し、潮目も、か、変わるかも、し、しれんぞ」

勘吾に励まされた八十八は弱い笑いを浮かべて、

「潮目は変わらないよ。おそらく、弱り目に祟り目でずっといくんじゃないかな。だからと言っておれは諦めないよ。あんな奴らを絶対に許すわけにはいかない」

と、力強く吠える。勘吾は変だなと思いつつ、

「ほ、他の、し、心配でも、あ、あるんか」

「実はな」

と、八十八が意を決したように話し始めた。それによると八十八は朱雀《すざく》村の百姓の娘と恋仲だという。その娘、志乃が妊娠したらしい。ゆくゆくは志乃を嫁にして一緒に暮らしたいと思っているが、この状況ではどうも無理らしい。残してゆく志乃と腹の中の子供が不憫で、気持ちが塞

ぎ込んでいるとのことだった。

（いつの間に）

勘吾は驚いた。一切そんなことは聞いていなかったからだ。八十八に女っ気がないのが不思議なほどだったが、やっぱり密かに出来ていたのか。それにしても八十八は隠すのが上手だ。勘吾が感心していると、

「よけいなところへ気を回さないでくれ」

と、八十八が仏頂面で言った。

西郷隆盛が暗躍していた。大坂城に籠る旧幕軍を京へおびき出して叩き潰そうと策を練っている。場所は江戸である。江戸の薩摩藩屋敷の者たちに思い切り暴れさせた。殺人、押し込み強盗、婦女子暴行、いわれのない脅迫恐喝で江戸の治安に当たっている諸藩を憤激させた。庄内藩が堪えきれずに薩摩藩屋敷を焼き討ちにしてしまった。

「事成れり」

西郷は、ほくそ笑んだ。薩摩藩屋敷焼き討ちの知らせは大坂城へもたらされた。慶喜の煮え切らない態度に不満を募らせていた城内の兵士たちが暴発した。慶喜はもう止めることができず、ついに薩摩藩の罪を列挙した弾劾書の「討薩表」を著して薩摩討伐を宣言した。

この時慶喜には、再び上京するよう朝命が下っていた。おそらく摂政二条斉敬《なりゆき》の要望だったの

だろう。政権を任されたといっても、何をどうしたら良いかわからない。特に外国との折衝はお手上げだ。慶喜に頼むしかない。慶喜は少数の供と軽装で行こうとしたが周りに止められた。そこで旧幕軍一万五千人を〝先供《さきども》〟との名目で進軍させた。朝命に従い上京するのであるから失礼があってはならないとして、兵の銃には弾が装填されていない状態だった。

慶喜の頭は混乱していたとしか思えない。薩摩・長州を主力としている新政府軍は、旧幕軍を迎え撃つために待ち構えており、一方旧幕軍は「討薩表」を掲げて戦闘行為を行なおうと意気盛んに京へ向かっているのである。しかし慶喜にとっては、朝命に従って上京するための行軍のつもりだ。だから兵の銃には弾を装填させなかった。ちぐはぐもいいところだ。それに従った兵も何かずれているのだが、一万五千の兵を進発させざるを得なかったのなら、もうこれは戦争しかないではないか。慶喜はここで腹をくくるべきだったのにそれが出来なかった。事実、慶喜は風邪と称して大坂城を一歩も出なかったのである。

鳥羽まで進軍してきた旧幕軍は薩摩軍に止められ、「通せ」、「待て」、でいたずらに時間を費やした。いつまでたっても埒《らち》が明かない。ついに無理やり決裂に持ち込んだ薩摩軍が、陣地とした城南宮から砲撃を開始した。「鳥羽伏見の戦い」の始まりである。

伏見奉行所にいる土方歳三は苦りきっていた。進軍してきた旧幕軍四千名が入ってきたためである。

「ここに大勢の兵を集めてどうする。見なよ、北の高台の御香宮《ごこうのみや》に相手の大砲が五門、東の丘に大砲が四門、こっちを向いて狙っているんだぜ。攻撃されたら十字砲火でひとたまりもないんだ。もっと散会して、相手陣地の背後やわき腹に拠点を作らなきゃだめだろう。竹中とかいう隊長に言ったんだが無視しやがった。こうなりゃおれたちは自分で戦うしかないぜ」

するとハ十八が、

「世間は大晦日で切羽詰まっているよな。おれたちも別の意味で切羽詰まっているよ」

と、やけくそ気味に笑った。勘吾にもさすがに状況はわかる。いざ戦闘になったら相手の九門の大砲が、下方の自分たちの陣地に向かって撃ち下される。こちらも大砲はあるが、撃ち上げるのと撃ち下すのでは威力がまるで違う。

(先手を打つしかないだろうな)

そうすれば勝機も見えて来る。しかし旧幕軍は、圧倒的に人数がいるにもかかわらず動かない。朝命で御所へ行く〝先供〟という呪縛にかかっていた。だから、「通せ」、「待て」、という無意味なやりとりで時間を浪費していた。

年が明けて正月二日、突如鳥羽方面から砲声が響いた。

(来たっ、だから言わんこっちゃないわい)

と勘吾は悔やんだが、もうそんなことを思っている暇はない。御香宮と東方丘陵から砲弾が文字通り遠慮なく打ち込まれる。伏見奉行所西方の東本願寺伏見別院に布陣している会津藩が大砲で反撃する。新選組は抜刀隊で御香宮めがけて斬り込もうとしたが、新政府軍は小銃隊を東西に配置しており、新選組を一斉射撃した。そのために前に進むことが出来ず、下に伏せて弾をよけるのが精一杯だった。この突撃で二名の隊士が射殺された。

冬の日暮れは早い。夜の暗さを利用して斬り込もうとしたが、薩摩藩の砲弾が伏見奉行所の弾薬庫に命中して大爆発を起こした。あたりは真昼のように明るくなった。また長州軍が奉行所周辺の民家に放火して、奉行所から逃げ出した旧幕軍の兵たちを照らし出した。このままでは全滅する。土方は仕方なく奉行所を放棄して、新選組を淀《よど》まで退避させた。勘吾と八十八も逃げた。淀城下で休み、怪我をした隊士の手当にあたった。

翌日、鳥羽での戦いと伏見奪還戦が行われたが、新選組は淀にとどまって参戦していない。鳥羽方面の幕軍責任者滝川具挙《ともたか》と伏見方面の幕軍責任者竹中重固《しげかた》は、前日の開戦日に逃げて戦場にいない。幕軍の士気は目に見えて落ちていく。

「もう一息じゃ！」

西郷隆盛が新政府軍の本営である東寺の五重塔の最上階から、約六キロ先の各戦場を見渡して叫んだ。新政府軍有利と見た在京各諸藩は続々と新政府軍として参戦した。旧幕軍は押されっぱなしだ。ここで登場したのが「錦の御旗」だ。誰が叫んだのかはわからないが、

「錦の御旗だ、錦の御旗が出たぞ〜」

との声を聞くや、旧幕軍の兵たちは先を争って逃げ出すという不思議な光景が現われた。「錦の御旗」というのは聞いたことがないが、新政府軍の先頭に旗が見える。たぶん朝廷の旗に違いないと思ったのだろう。旧幕軍の兵たちはやる気を失っていた。なんだかわからないが退くのに良い口実と思ったのかもしれない。誰彼なく逃げ出すと、他の者も一斉に吊られて逃げ出したのである。淀城下の千両松で布陣していた新選組は、逃げ帰ってくるおびただしい旧幕軍兵を見た。

土方の目が据わっている。

「もう刀槍の時代じゃねえな。嫌と言うほど見せつけられた。けどな、ここは湿地で狭い道が一本しかない。こんなところはまとまっては来れない所だ。ここでは刀が役に立つんだよ。いいか、存分に暴れてやろうぜ」

勘吾ももとよりそのつもりだ。新選組の四年間で数え切れないくらい白刃をくぐって来た。完全に腹は据わっていた。無駄死にはしたくないが、それでも死ぬのならそれはそれで仕方がない。思い切り戦うことだけだ。

思わぬことが起きた。逃げ帰って来た旧幕府軍の兵たちが態勢を整えようとして淀城へ入ろうとしたところ、淀城が拒否した。実は新政府軍に説得されて裏切りを決めていたのである。藩主の稲葉正邦《まさくに》は老中なのにだ。淀城の重臣たちは藩主に無断で新政府軍についた。時勢というものは恐ろしい。何かが音を立てて崩れていくようだ。仕方がないので淀城下の富ノ森と千両松に布陣した。どやどやと布陣してくる旧幕軍兵を見て、土方は淀城の裏切りを知った。

「何をか言わんやだな。士道は消えてしまったな。自分だけが助かろうとする賤しい連中の集まりばかりになって来たな。これからも同じことが起きるぞ」

と嘆息したが、この後その予想通りに山崎口を守っていた藤堂藩が見事に裏切るのである。藤堂藩は逃げて来る旧幕軍の兵たちに銃弾を浴びせた。これではとても持ち堪えることは出来ない。旧幕軍兵は総崩れになって大坂城へ逃げるのである。旧幕軍一万五千、新政府軍四千、装備も両軍に差は見られない。旧幕軍にはフランス式の兵制で訓練され、最新装備を備えた徳川直轄兵が五千いる。まともに武力衝突すれば旧幕軍が完全に有利だ。なぜ雪崩を打つように負けるのか。最大の原因は、戦略戦術眼を持った有能な指揮官が旧幕軍にいなかったことだ。強いて言えば土方歳三だっただろうが、身分の関係で相手にされなかった。

また新政府軍が組織的かつ機能的に戦いを進めたことに対して、旧幕軍は統制がとれておらず、はっきり言えば烏合《うごう》の衆だった。責任者の滝川具挙と竹中重固は戦場から逃げてしまっている。何という情けなさだ。進発前の大言壮語は空威張りか。真正直に戦おうとしている兵たちに失望と虚無感が広がって行った。

千両松の新選組はよく戦った。ここでは新政府軍を一度撃退した。小銃の撃ち合いで我慢しきれなくなった新政府軍の兵たちが突撃してきた時には、土方を先頭に勘吾も八十八も抜刀して怨みを込めて斬りまくった。突撃をくじかれた新政府軍の兵たちは一旦退却し、今度は大砲数門で間断なく砲撃してきた。新選組も大砲で反撃する。この時、新選組創立時からの重鎮とも言える井上源三郎が戦死する。果敢に大砲を指揮する井上源三郎の体を数発の銃弾が貫いた。即死だった。新政府軍は援軍を得て大砲と小銃で波状攻撃をかけて来る。これにより新選組はたまらず退却せざるを得なかった。この千両松の戦闘では十四人の隊士が戦死した。土方たちは後方の橋本に布陣して、執拗に攻撃してくる新政府軍に苦戦していると、突如砲弾が飛んで来て爆発を起こした。砲弾は次々と飛んでくる。

「な、なんじゃあ！　ど、どこから、く、来るんじゃあ！」

勘吾が叫んだ。

「あっちは藤堂藩だ。奴ら裏切りやがった」

八十八が憎らしそうに言った。

「全員大坂城まで逃げろ！」

土方が絶叫した。この橋本では新政府軍によるのか藤堂藩の砲撃によるのかは不明だが、三人の隊士が戦死した。大坂にたどり着いた新選組は、八軒家の京屋忠兵衛方で体を休めた。ほとんどの隊士が軽傷ながら怪我をしていた。みな疲れ果てて黙りこくっている。うつろな目をしながら互いの傷の手当てをし合っていた。この場で誰か言葉を発しようものなら、各自が胸のわだかまりをあたりかまわず吠えたであろう。吠えてもどうにもならないのはわかっているので、かろうじて黙って抑えていた。

戦いはまだ終わっていない。旧幕軍の体たらくでは今度戦えば自分たちは確実に命を落とすだろう。こんなぶざまな戦いで死ぬのか。やりきれない思いがみんなの顔に浮かんでいた。ところが不思議なことに、勘吾と八十八は怪我もなく元気だった。

「おれたちはほとんど先頭に立って戦ったよな。その間合いがよかったのかな」

と、運の良さを八十八が明るく自慢する。勘吾は苦笑しながら、

「あ、あほ、そ、そんな、こ、こと、あ、あるかい。ちょ、ちょっと、い、行ってくる」

と言い、京屋忠兵衛方の台所へ行った。

「す、すんません。だ、台所を、は、拝借します。こ、粉が、あ、あったら、も、もらえませんか」

炊事係の女中たちは怖がりながら粉を持ってきた。

「こ、こら、ええ、こ、粉や」

勘吾はじっと黙って立ち尽くしている女中たちの視線を背後に感じながら、うどんを打ち始めた。女中たちの怖がった目が驚きに変わって行った。

（久しぶりやなあ。明信さんに打って以来やなあ。腕が落ちとるかもしれんのう）

それでも鮮やかな手さばきでうどんが次々に出来ていく。勘吾は思い出したように、

「あ、わ、忘れとった。ね、姉さん、か、釜に、湯、沸かして、く、くれんな」

「湯やったらいつも沸かしてますわ」

女中の声が明るい。勘吾の手さばきに興味を持っていかれているらしい。勘吾は流れるような手さばきでうどんを茹で、いりこ（煮干し）と昆布で出汁を作った。どんぶりにうどんを入れ、出汁をかけて女中たちに差し出した。

「ね、姉さんら、ちょ、ちょっと、あ、味見、し、してくれんな」

女中たちがおそるおそる、うどんをすすった。

「うわっ、おいしい」

女中たちの弾んだ声が返って来た。勘吾はほっとした顔をして、

「ね、姉さんら、す、すまんけどの、うどん、み、みんなに、も、持って行ってやって、く、くれんかのう」

澱んだ雰囲気の広間に出来立ての熱いうどんが運ばれた。隊士たちは驚いた上に、自分たちがろくに食事をしていないことを思い出した。いりこ出汁の匂いが一挙に空腹感を呼び醒ませる。

「うまいっ！　これはうまいっ！」

と半ば叫びながら、隊士たちは食らいつく。そして涙を流し始めた。みんな涙を流しながらうどんを食べている。

「生まれて初めて、こんなうまいうどんを食べた」

みな異口同音に褒める。嬉しそうな顔に隊士たちが変わって行くのを勘吾は満足そうに見つめていた。

「なんか元気が出てきた。こんなうまいうどんを作る人がこの屋敷にいるのか」

明るい声が響く。すると八十八が、

「あなた方は知らないと思うが、蟻さんはうどん打ちの名人なんだよ。別に隠していたわけではないよ。作る機会がなかっただけの話だ。どうだいもう少し食ってみるかい」

「おおっ！」

雄叫びとともに拍手が来た。勘吾は再度うどんを打つはめになった。今度は忠兵衛方屋敷の全員にも食べて貰った。みんなの顔がくつろいだものになった。土方が勘吾の側に来て、

「うどん屋の蟻さんか、粋なことするじゃねえか、ありがとよ」

と言って去って行った。勘吾は思い出そうとした。

（今まで土方さんに褒められたことあったんやろうか）

いくらしても思い出せない。

（なんじゃあ、初めて褒められたんが、うどんか。まあええわい、新選組の役に立ったことには変わりはないんじゃ）

勘吾は少し晴れたような気分で、その夜はぐっすりと眠った。

慶喜逃亡

しかし勘吾が寝ている間に、文字通り驚天動地の事態が起きていた。大坂城にいるはずの慶喜が夜中に姿を消したのだ。大阪湾に停泊中の軍艦に乗船して勝手に江戸へ帰ったという。戦の総大将が、その最中《さなか》に逃亡したのだ。会津藩主松平容保と桑名藩主松平定敬も同行した。要するに、命を懸けて戦っている部下を見捨てたのだ。総大将にあるまじき何という無責任さ、無神経さ。慶喜の癖というか、持って生まれたものではないか。調子のよい時には周りの人が驚くほどの冴えをみせるが、一旦逆目《さかめ》になると何も考えずに放り出す。鳥羽伏見の敗報がもたらされ、大坂城に残っていた残存部隊に出馬を求められて、

「明日、直ちに出馬する。準備せよ」

と嘘の大見得を切り、兵を喜ばせた隙にこそっと大坂城を抜けたのである。気勢を上げる兵た

ちを抑えきれず苦し紛れの芝居を打った。恥も外聞もない。人間の真価は追い詰められた時に腹が据わるかどうかである。慶喜にはその腹がない。一緒に江戸に帰らされた松平容保と松平定敬は抗戦を主張したが、着いた途端登城禁止になった。要するに戦争責任をなすりつけられて放り出されたのである。この一連の行為は、慶喜が将たる器ではないことを示している。手前勝手な世間知らずの貴種なのだ。勘吾ら新選組が登城した時には、大坂城は上を下への大騒ぎの最中だった。

「近藤さんよ、慶喜公はもうだめだ。おれたちは担ぐ人がいなくなった。どうだい、どうせ担ぐなら権現様（家康公）を担ごうじゃねえか。裏切られることはないだろうぜ」

「冗談言うなよ、歳《とし》。慶喜公は、江戸で再起を狙っているよ。おれたちは江戸を拠点に、また戦おうぜ」

「あり得ねえよ。諸藩は崩れるように徳川を裏切っているんだぜ。徳川は見限られたんだよ。これからもどんどん裏切られ続けるぜ。どこにそんなに兵がいるんだよ」

「じゃあ何か、徳川に見切りをつけるのか」

「それこそ冗談じゃねえよ。おれは最後までやるつもりだ。だから権現様を担ごうぜと言っているんだ」

この後城内で近藤は、

「自分に兵を預けてくれれば、私が指揮して新政府軍と戦ってみせる。その間、関東から援軍を差し向けられたくお願いする。もし負け戦になれば城内で討ち死にの覚悟でおります」

と言ったが、慶喜が逃げる際に旧幕軍を江戸に返すこと、諸藩兵の帰国を命じていたことを理由に江戸へ帰ることに決した。まだこの時には慶喜が江戸で再起することをみなが信じていたらしい。結果は土方の言う通りになった。新選組隊士は全員、幕艦の「順動丸」と「富士山丸」に乗って江戸へ帰った。勘吾にとって江戸は初めてである。勘吾は新政府軍を早々に駆逐して再び京へ戻る気でいた。京は事実上の故郷だ。江戸に住みたいなどと思ったことがない。

(妙なことになった)

と思う。高松を出て、京で行き倒れ寸前をツネに拾われたが、ツネを殺されてその復讐のために新選組に入った。考えれば毎日毎日が刺激の連続だった。今までの当たり前が当たり前でなくなってきた。思わずひっくり返るような事態が目の前で何回も繰り返された。

(あり得んだろう)

が、当たり前になった。世の中が渾沌として来て、目まぐるしいほど変わってきている。自分が江戸にいること自体がよくわからない。

「や、八十八、な、何でこう、な、なるんかのう」

「おれもよくわからないよ。正義だと思ってやってることが、今度は反対に攻められるんだからなあ。世の中は勢いなのかな。勝ち馬に乗ろうとする奴らがうようよ出てきやがった。こんなことじゃ何が正義かわからない。何かぼやかされてしまったな。これから何が起こるか見当もつかない。蟻さんよ、もしかして武士の世が終わるかもしれんぞ。武士の総大将があんな腰抜けでは、武士も地に落ちたと思うしかないよな。けどおれはぶれないよ。新政府軍か何か知らないが、向かってくる奴には対峙していくだけだ」

武士の世が終わるという八十八の言葉は勘吾に響いた。自分は元々武士の身分だから武士として身を立てたいと思い続けてきた。浪人だから暮らしのためうどん打ちの技を身につけて何とか生きながらえてきた。行き倒れの寸前でツネに拾われて、今までにない幸せな時を過ごせた。それでも勘吾はその幸せの時を、武士として身を立てるための準備期間と思って来た。ツネのための復讐心で新選組に入ったが、これが結局武士として世を送るきっかけになった。勘吾の望みはどこかの藩士になることだったが、今になって思うと何と世間離れしているというか、自分自身の想いだけにこだわっていたのかと思う。

時代はすでに泰平でなくなっている。だからこそ新選組は隊士の応募要件を、武士に限らず百姓町人にまで広げていたのだ。勘吾が入隊した時には、もう時代の無秩序が奔流となって進んでいたのだ。勘吾はそのことを少なからず感じていたが、ツネを殺されて逆上した。復讐心に燃えて新選組に入った。新選組に入ったことで武士になれたと思った。思ったら、従来の泰平の世の価値観にとらわれてしまった。

（しょうがないやろう。誰でもこうなるやろう。けどここまで世情が荒れるとは思わなんだ）

自分の身の回りの環境が目まぐるしく変わっていく。それも逆落としみたいに事態が悪くなっていく。以前から感じていた「あり得ないこと」の連続が速度を増していっている。

（ほんまに武士の世が終わるかのう。いや、それはないやろう。しかしなあ……）

勘吾は否定し切れない嫌な予感に苛まれた。

新選組は品川の役宅にとりあえず落ち着いた。それが一月十二日で、これ以後三月一日の甲州出陣まで、つかの間の休息期間になった。そこでも勘吾のうどんの腕が冴えた。冬の時期に腹から温まるうどんは隊士の気持ちを大いに和らげた。

さて大坂から逃げ帰った慶喜である。江戸城に入った慶喜は陸軍総裁勝海舟を呼び出して、

「後の始末はそちに任せる」

と言ったものだから海舟は怒った。

「だからあれほど言ったのです。なにを今さら言われますか。これからどうなさるおつもりですか！」

海舟の怒声に慶喜は言葉も発せられずその場を去った。そして上野寛永寺に謹慎したのである。

全く勝手なお殿様だ。江戸まで同行した松平容保は、仕方がないので会津まで引き揚げた。悲壮

だったのは松平定敬だ。桑名へ帰ろうとしたところ、何と拒否された。桑名藩では新藩主を立て、新政府に恭順したのである。定敬は藩主ではなくなり隠居の身分となった。

定敬は桑名藩の飛び地領である越後柏崎へ行った。恭順に我慢できない藩兵三百五十名と一緒だった。「北越戦争」に参戦した。名将の立見鑑三郎《かんざぶろう》の指揮の元にたびたび新政府軍を破ったが、次第に劣勢となり降伏した。定敬は部下と共に会津へ逃げた。そこで「会津戦争」を戦うが敗走。仙台で榎本艦隊に合流して箱館に向かった。しかし「箱館戦争」の敗戦で降伏する。「一会桑（一橋、会津、桑名）政権」として京で一世を風靡した桑名藩主の末路であるが、不利を承知で徳川政権下の藩主としてぶれずに筋を通した稀有な人物と言える。

甲陽鎮撫隊

後始末を慶喜から無理やり押し付けられた勝海舟が躍動する。基本は「江戸城無血開城」だ。それに向けて様々に手を打っている。近藤勇は新政府軍に徹底抗戦すべきだとの論陣を張っていた。海舟は一計を案じた。甲府城の奪還計画だ。奪還というより新政府軍が来る前に甲府城を抑えてしまえというものだった。

海舟は囁く。

「もし甲府城を抑えることが出来たら城主とする」

これを聞いた近藤は目を輝かせた。餌に食いついてしまった。海舟の本心は徹底抗戦を叫ぶ近藤に江戸にいてもらっては支障がある、江戸を火の海にしかねない、だから遠ざけようという訳だ。

「いったい何人で行くんですか。相手はどれくらいいるんですか」

八十八が土方に聞いた。

「まあ他の幕臣を入れて二百人いればいいだろうな。相手の人数などわからんよ」

「それで勝負になるんですか」

土方は千人近くの新政府軍が甲府へ向かってきているという情報は得ていた。けれどこちらの人数が集まらない。途中で補充していくしかない。相手が千人いると言えばますます集まらない。しかも勝海舟は戦をしたくないという噂が流れてきている。このまま指をくわえて新政府軍を迎えるつもりか。そんなこと考えただけで虫唾が走る。甲州行は分が悪いことはわかっている。まともに考えたら敗け戦だ。それでも戦わないよりかましだ。戦略によっては勝つこともないわけではない。

土方は八十八に向かって笑いかけた。

「大丈夫だよ」

八十八は土方を信頼している。冷静な戦略家の土方の言うことだから間違いないと思う。

土方の笑顔を見て八十八は黙った。

（土方さんの笑顔がぎこちないなあ）

三月一日、新選組八十名は他の幕臣百名とともに甲陽鎮撫隊として行軍を開始した。途中で補充の兵を募集しながらなので、行軍は緩やかだった。甲州街道途中の日野は、近藤と土方の故郷である。行軍してきた一行は大歓迎を受けた。まるで凱旋部隊のように見えた。近在の多くの若者たちが部隊に入った。ただ沖田総司が体力の限界として日野で部隊を離れた。甲陽鎮撫隊は三日をかけてようやく甲州へ入ったが、総勢は二百余名。土方が叫んだ。

「こんな人数ではとても戦にならん。援軍を請うてくる」

と一人で江戸へ向かった。

「蟻さんよ、こりゃうまくねえな。あの土方さんがあの慌てようではな。仕方ねえな、甲州がおれの最後の場所になるかもな」

と言う八十八に、勘吾が珍しく反論した。

「そ、そんな、か、簡単に、お、思うな。さ、最後まで、わ、わかるかい」

部隊が駒飼宿まで来た時、新政府軍の動向が入った。甲府城代が開城し、土佐の板垣退助を参謀とする千人の新政府軍が甲府城に入城したというのである。近藤は勝沼まで部隊を進軍させた。ところが部隊の中から、援軍がないのでは戦えないと声が上がった。やむなく近藤は、会津藩兵六百名がもうすぐ到着すると嘘をついてその場を鎮めた。が、兵たちは近藤の嘘を見抜いた。次の日、百人近くの兵が脱走していた。近藤たちは百名余りで戦う羽目になり、勝沼で新政府軍と対峙した。

両軍の装備を比較してみると、新政府軍は兵六百、大砲六門以上、兵の持つ小銃は全て元込め連発式の最新式の銃だった。対する甲陽鎮撫隊は、兵百余、大砲二門、小銃は最新式の銃ではあったが、兵の数の違いと同様、数が圧倒的に少なかった。新政府軍は正面、北、南と三方から寄せてきた。正午頃一発の砲声で戦いが始まった。勘吾と八十八は死に物狂いで銃を打ちまくった。後方から大砲の音が響く。しかし威力がない。おかしい。操作の不具合か。榴弾を打ち込むところを散弾を打ち込み、散弾の所を榴弾を打ち込んでいる。何をやってるんだ。

「あの馬鹿ども、火口《ひぐち》を切らずに発射している。弾の種類も間違っている。これじゃあ何もならないよ」

大砲に詳しいのだろう。誰かが大声で慨嘆している。新政府軍の砲弾はあられの如く飛んでくる。小銃の一斉射撃で顔も上げられない。それでも南から攻撃してきた新政府軍に補充の若者部隊である春日隊が激突した。永倉新八らが援軍に向かったが、補充の猟師隊が裏切ったため退却した。部隊は国境付近の吉野宿まで引き揚げた。近藤は新政府軍を迎え撃つために態勢を整えようとしたが、内部から思わぬ抵抗を受けてしまった。

「隊長が味方を騙すようなことをするのなら、もう指揮は受けない」

少なからぬ部隊員が、近藤の会津藩兵援軍の嘘を言い立てて勝手に江戸へ向かってしまったのである。この中には以前からの新選組隊士もいた。永倉新八と原田左之助が説得のため後を追いかけた。勘吾と八十八は当然に新政府軍を迎え撃つ準備をしていた。現場を放棄して江戸へ帰ろうなどと全く思っていなかったが、新選組隊士の中から近藤たちに見切りをつけたような行動を取る者が出て来たのには驚かされた。

「や、八十八よ、な、何か寂しう、な、なるのう」

「落ち目になると人は離れていくんだよ。思い出してみな、京にいる時は近藤局長は絶対だったよな。たとえ嘘をついてもみな黙っていたはずだ。それが負けが込んでくると、みな心のタガがはずれたようになってきた。もしかしたら次の戦いでは死ぬかもしれない。死ぬのは嫌だよな。みんなわかっているのさ。近藤局長が嘘をついてまで士気を鼓舞しようとしたことをさ。しかしだよ、情勢を見たらこちらに不利だよ。だから近藤局長が嘘をついたのは許せないという口実で逃げたんだよ。新選組も統制が効かなくなって来たな。どうする蟻さん、組を外れるかね」

「あ、あほ言うな。わしは、さ、最後まで、や、やるわい」

「そうだよな、蟻さんはブレないよな」

八十八がにやっと笑った。

（こいつ、わしを試したな）

勘吾が脱退するとは八十八も思っていないだろうが、こう裏切りが続けばやはり少しは不安になるのだろう。勘吾はわかっていながらもふて腐れた。

吉野宿に土方が戻って来た。援軍は得られず単身の帰陣だった。こうなったらどうしようもない。部隊は八王子に戻った。そこで近藤は永倉と原田に、

「同志の後のことは君たちに任せる」

と言った。このことが新選組分裂の原因となった。八王子から小集団ずつ漸次《ぜんじ》江戸へ向かった。江戸の集合場所は大久保忠恕《ただひろ》邸の予定だった。永倉、原田は最後に隊士十名ほどと出発した。大久保邸に着いたが誰もいない。そこで聞いたところ、浅草の今戸銭座にいるということだったので今戸へ行った。そこにも近藤と土方はいない。和泉橋の医学所へ向かったがそこにもいない。ついに永倉と原田が切れた。新選組は瓦解したとしたのだ。永倉と原田は隊士たちに今後の意向を聞いた。みな会津に合流したいとの意見だった。ようやくの思いで見つけ出した近藤と土方に会津へ向かうことを伝え、同行を求めると近藤は、

「自分の家来となり働くと言うのならば同意するが、そうでなければ断る」

と返答した。八王子で隊士の後は任せると言ったではないか。だから隊士をまとめて会津へ行くと決めたのだ。なのに、何だその言いようは。永倉、原田は立腹して立ち去った。新選組は分裂した。しかし隊士の多くは近藤についた。永倉、原田についたのは十名に満たなかった。その後旧幕臣らと「靖共隊《せいきょうたい》」を組織し、関東を転戦するが水戸で降伏する。その時、永倉は輪王寺宮から日光奪還の命を受けて会津へ援軍の要請に行っており隊にはいなかった。維新後も生き残り大正四年（一九一五年）に死去する。原田は途中で靖共隊を抜けて「上野戦争」で戦い戦死した。

勘吾と八十八は近藤に付いた。近藤というよりも土方に付いたと言ったほうが良い。

近藤勇の出頭

近藤は再起するために隊士募集を始めた。新選組隊士の数は五十人余りに減っていた。この人数では何もできない。五兵衛新田《ごへいしんでん》（足立区綾瀬付近）に移動して拠点を定めた。隊士たちは名主の金子家に投宿した。が、いつまでもうかうかしてはいられない。新政府軍が迫って来ていた。隊士の総数も二百二十七名まで増えていた。大勢の武装集団がいつまでも気づかれないはずはない。四月、近藤は五兵衛新田を出て流山《ながれやま》に向かった。隊士が増えたと言っても、どうしても訓練がいる。刀は握っても小銃を持ったこともない者が多い。江戸川の河川敷は訓練場所には都合が良かった。

流山に不審な武装集団がいるということは新政府軍の耳にすぐ入った。新選組は各民家や寺院などに分宿していた。本陣は味噌屋の家屋であり、新政府軍は味噌屋の周りを幾重にも取り巻いた。午前十時頃であったが、隊士たちは江戸川で野外訓練の最中だった。本陣には近藤、土方他一名しかいなかった。どこの兵か、なぜ集まっているのかを聞かれた時に近藤は、

「脱走兵の乱暴や一揆の噂のため取り締まりに当たっているだけで、官軍に対して不敬を働くことはない」

と弁明した。それとともに大砲三門、小銃百十八挺を差し出した。しかしそこで終わらず、板橋の総督府への出頭を命ぜられた。さすがにこの時、近藤は切腹を覚悟したようだが、土方から、

「まだ身元が発覚していないのだから、旗本大久保大和として立場を主張すればよい」と説得され、近藤は板橋の総督府へ向かった。土方は素早く隊士たちに会津へ行くよう指示した。約二百名の隊士たちは、我孫子《あびこ》から船に分乗して利根川を銚子まで行くが、新政府軍にすでに抑えられていたため潮来《いたこ》まで船行した。そこから大洗《おおあらい》、平潟《ひらかた》（北茨城市）、棚倉《たなくら》（福島県棚倉町）、美代《みしろ》（郡山市三代）を経て会津へ入った。実に徒歩二百十五キロ、船行百十キロの行軍だった。新政

府軍が途中に陣を張っているところがあり、間道を通るなどした難行軍だった。勘吾と八十八は密かに音を上げた。

「や、八十八よ、ま、まるで、敗残兵じゃのう」

「まるでじゃねえよ、敗残兵なんだよ。それより疲れたよ」

と小声で囁きながら重い足取で歩き続けた。

一方、土方は隊士七名と江戸に行き、勝海舟に近藤の救出を必死の形相で迫った。勝はもし拒否すれば殺されかねないと思った。すぐその場で板橋の総督府あてに近藤助命嘆願の書状を書いた。その時に勝は交換条件を出したのである。江戸を火の海には出来ない。もしそういう事態が発生したら寛永寺に謹慎している慶喜の命はない。江戸城は開城するしかない。そこのところをわかって欲しい。今、鴻ノ台（千葉県市川市）に旧幕府伝習隊を中心として二千五百名がいる。もしその連中が江戸へ進軍したら元も子もない。新政府軍は北へ向かっている。徳川の聖地の日光は絶対に守り通したい。鴻ノ台に合流してそれを軍議で言ってもらえまいかという条件である。土方にとっては江戸城より近藤の命が大事だ。土方は勝の要請を承諾した。勝にとって鴻ノ台の旧幕軍は新政府軍に睨みを利かせる存在だった。勝の狙いは江戸城無血開城と慶喜の命の保障だったが、もし新政府軍と折り合いのつかない時は江戸を火の海にしても仕方がないとの思いも持っていた。事実、江戸の町火消に不首尾の時は放火するよう指示していた。その時には鴻ノ台の旧幕軍が江戸へ攻め入ることになる。

宇都宮城の攻防

慶応四年（一八六八年）四月十一日、江戸城は無事に無血開城した。最悪の事態は免れた。土方は鴻ノ台にいる旧幕軍へ合流した。旧幕軍は軍議を開いた。江戸城が開城された以上、戦いの矛先をどこに向けるかである。新選組土方歳三の名は鳴り響いている。土方の言葉は重みがあった。軍議の結果、日光を目的地に定めた。全軍総督には旧幕府歩兵頭の大鳥圭介《おおとりけいすけ》が就任し、中・後軍を率いることになった。

先鋒軍の総督には会津藩士で「伝習隊」第一大隊長だった秋月登《のぼり》之助《のすけ》が就任し、土方は秋月の参謀となった。軍議が終わるや否や、先鋒軍秋月隊千名が鴻ノ台を出発した。小金井（松戸）、布施（流山）、水海道《みつかいどう》（常総）、下館を経て、十八日に東蓼沼《ひがしたでぬま》（栃木県上三川町）に到達した。日光への途中にある宇都宮城には新政府軍の東山道《とうさんどう》軍二百名、宇都宮城守備兵二百名、烏山《からすやま》藩の援軍百六十名の五百六十名が籠っている。秋月隊は軍を半分に分け、その先鋒隊を土方が、中軍を秋月がつとめた。土方は先鋒隊の先頭に立ち、まっしぐらに突っ込んだ。「下河原門の激闘」で

ある。この時敵の反撃に恐れを為した歩兵が逃げようとした。カッとなった土方が逃げようとした歩兵を斬り捨て、

「逃げるやつはおれが斬る！」

と叫び、兵たちを叱咤した。激闘は午前十時頃から四時間ほど続き、ついに土方隊は城内に突入し占領したため城兵は火を放って逃走した。大鳥圭介の中・後軍は別路をとっており、土方らが宇都宮城を落とした時にはすぐ西方の鹿沼に進軍していた。そこで大鳥は宇都宮城落城を知り、両軍が合流した。

早速の軍議で、新政府軍の増援部隊が続々と到着している壬生《みぶ》城を攻撃することが決められた。壬生城は宇都宮城から南方約十五キロの位置にある。だが、優勢に進んでいた旧幕軍は武器人数に勝る新政府軍の反攻を受け、宇都宮城へ退却する。嵩《かさ》に懸《か》かった新政府軍は宇都宮城に攻撃をかけた。激しい銃撃戦と白兵戦に旧幕軍は劣勢になり、日光方面の今市へ敗走してしまった。この戦いで土方は足の甲に銃弾を受け立つことが出来なくなり、戦いの最中に今市へ搬送された。翌四月二十四日、板橋で近藤勇が斬首された。今市から会津へ搬送され、東山温泉で療養中の土方はまだその事実を知らない。新政府軍は日光に迫った。今市で戦闘が行われたが、日光山僧の戦闘回避の嘆願を板垣退助が聞き入れ、旧幕軍に使者を送り日光を去るよう要請した。旧幕軍も会津で再起を期して日光を立ち退いた。

一方、勘吾である。約二百名で流山を退散した新選組隊士たちは、四月十一日に会津領美代に到着して土方一行を待っていた。半月余りの滞在は比較的平穏な時を過ごすことが出来ていた。勘吾はやはり、得意のうどん打ちの腕を振るった。相変わらず隊士たちには好評だったが、土地の者らに食べさせると、味が薄いと言う。それならばと、会津味噌をだし汁に調合してみた。みんなの顔が輝いた。

（なるほどなあ、寒い所やから濃い味がええんか。所変われば品変わるやのう）

会津戦争

二十九日になって、若松城下の清水屋において土方一行と合流するよう知らせが来た。流山で別れた新選組隊士が揃った。土方は足の傷が治りきれておらず、歩行はぎこちない様子だった。この頃には土方は近藤の処刑を知らされていた。隊士全員の前で土方は、近藤が斬首され晒し首になったことを、憎悪を込めて語った。沈痛な空気が流れた。土方は言う。

「元来、正義は我らにあったはずだ。だが利あらずして今や朝敵となった。こんな理不尽なことがあるか。正義が都合で行ったり来たりするものか。諸藩は保身のためなりふり構わず裏切って、奸に隷従した。武士の誠はどこへ行った。おれはたとえ一人になっても誠を貫く。命ある限り戦う。みんなおれに続くか」

その場の全員が立ち上がり、「おうっ！」と、気勢を上げた。むろん勘吾も八十八も思い切り声を上げた。土方の気持ちは勘吾も八十八も同じだ。敵はますます勢いを増してきている。だから何だと言うのか。不利は百も承知だ。このまま座して相手の言うなりになることは死んでも嫌だ。戦わずしてどうする。

徳川政権はすでにない。勘吾は忠義とかいう言葉は大嫌いだ。既に存在しない権力のために戦うのではない。武士の誠を持って、どう考えてもおかしい理不尽さと戦うのだ。王城の地京を、破壊者から守っていたのはおれたちではないか。それがなぜ朝敵にされねばならんのか。勘吾はそう思うたびに悔しくて涙が出て来る。

新選組に白河口出陣の命令が来た。会津藩兵が先陣としてすでに白河城を占領している。新選組は城外の白坂関門の守備に就いた。新政府軍が徐々に迫っている。「会津戦争」の始まりだ。六月二十一日新政府軍が白河城の攻撃を開始した。雨あられと降ってくる砲弾と圧倒的な小銃弾の威力に耐えきれず、城は奪取されてしまった。その後、白河城奪還のため、何回もの攻撃を繰り返したが、その都度敗走するばかりであった。

「や、八十八、お、思うように、い、行かんのう」

「本当になあ、あいつらはどんどん増えてきているぜ。悔しいけど、いくらでも武器弾薬が補給されているんだろう」

勘吾も八十八も歯ぎしりするがどうにもならない。兵の数はこちらが多いのだが、弾薬が続かない。勘吾は近くの羽太村から出陣して新政府軍を攻撃していた。突然敵の銃弾が勘吾の腰に命中した。

「わあっ、や、やられた」

勘吾は叫びながら斜面を転げ落ちた。

「勘吾、勘吾、大丈夫か！」

あわてて八十八が駆け寄った。見ると勘吾の腰と尻のあたりがみるみる出血してくる。八十八が手早く止血処置を施す。

「勘吾、歩けるか」

「む、無理や」

新政府軍の銃弾が間断なく飛んでくる。とても前には進めない。退却命令が出た。勘吾は戸板で搬送され、再度の応急措置の後、福良《ふくら》の病院まで運ばれた。意識は十分にあるが歩けない。その後、会津若松城下の千手院まで運ばれて手当てを受けた。戦線離脱だ。動けるようになるまで相当かかるだろう。勘吾は絶望した。このままでは新政府軍は城下へ殺到するだろう。噂に聞いていたが、たとえ戦傷者でも容赦なく殺すという。この千手院が占領されたら自分は串刺しになるのか。自分は武士として戦ってきた。最後の結末が無抵抗で殺されるというのは何とも情けない話だ。それこそあり得ないだろう。勘吾は八十八に懇願した。

新選組がどこかへ転進する時は必ず連れていってくれ、幸い怪我は左だ、右は無傷だから肩を貸してくれれば何とか杖を突いて歩くことが出来る、くれぐれも頼む――。

八十八は気の毒そうに口を開く。

「その傷ではそう歩けないぜ。肩を貸してやるけど、部隊に遅れるようになってきたら申し訳ないがその場に置いて行くしかない。それでいいなら連れて行くよ」

「そ、それでいい。ど、どうしても、い、行けんと、お、思うたら、置き去りでええ」

勘吾はその時は自決するだけだと決めた。新政府軍は母成《ぼなり》峠をあっさりと突破して会津城下へ進軍してきている。会津兵は籠城戦として城内に入ってしまった。そこで旧幕軍である。何と会津を去ることを決めてしまった。まず武器弾薬がない。連戦連敗で兵の士気は見るも無残に落ちてしまっている。継戦能力がないと判断したのである。これに真っ向から異を唱えたのが、満足に動けない土方の代役として新選組の指揮をしてきた斎藤一以下数名の隊士たちだった。

「この段階で会津を捨てるのは誠義に悖《もと》る」

として会津に残った。斎藤たちは会津戦争を最後まで完遂した。会津戦争が終わるのは旧幕軍が去って十四日後である。新選組の他の隊士たちは大鳥ら旧幕軍と行動を共にした。八十八もその一人だった。行き先は仙台領の白石である。八十八は勘吾を一緒に連れて行った。勘吾は血をにじませながら必死で歩いた。

白石では、榎本武揚率いる幕府艦隊が仙台湾に停泊中であることを聞いた。旧幕軍は榎本艦隊と合流することを決めた。土方はどこにいたのか。土方は仙台で榎本武揚に会っていたのである。土方は新政府軍が会津城下へ雪崩れ込もうとしていた時に、庄内藩に援軍を要請するべく会津を離れていた。ただ、途中に通過しなければならない米沢藩に通行を断られてしまった。奥羽列藩同盟で有力藩だった米沢藩は、すでに新政府軍に恭順してしまった。しかたなく土方は白石に回った。そこで幕府艦隊の話を聞いたのである。土方は仙台に向かった。弾薬等の調達を仙台藩に要請しようとしていた。そこへ旧幕軍が仙台へ向かっているという知らせを聞いた。会津は落ちたと思い、仙台で待っていたということである。

箱館へ

土方はじれていた。

(早くしないと仙台藩に捕まるぞ)

仙台藩も新政府軍に恭順したのである。ただ榎本艦隊が睨みを利かせているので、今のところ手を出せない状態だった。これで新政府軍が大挙して到来したら仙台藩はこちらを攻撃してくる。その前に榎本の軍艦に乗り込まなければならない。

大鳥圭介ら旧幕軍の幹部らも、仙台からの知らせで承知している。十月十一日、旧幕軍が仙台に到着した。新選組も同行していた。会津で百名ほどいた隊士たちも、戦傷や離脱で二十名余に減っていた。残った隊士の中には勘吾も八十八もいる。勘吾は半分気を失いながらも八十八の肩を借りて執念で歩いてきたのだ。

仙台では土方が旧幕軍の兵の今後の身の振り方を問題に取り上げた。隊士二十余名では新選組の体を為していない。隊士を増員する必要がある。それで一計を案じたのである。桑名藩松平定敬、唐津藩世子小笠原長行《ながみち》、備中松山藩主板倉勝静がおり、各藩士たちは蝦夷《えぞ》地へ随従することを望んだ。しかし理由をつけて、各藩主に随行できるのは三名とした。その下地を作っておいて、土方は随行に漏れた藩士たちを新選組に入隊することを勧めた。新選組隊士ならば蝦夷地まで行けるという条件を付けた。蝦夷地へ行けるならと、桑名藩十七名、唐津藩二十三名、備中松山藩八名、計四十八名が申し出た。それに旧幕軍伝習隊三十名余が入隊を申し出た。新選組は百名近くの規模になった。

仙台で手当てを受けていた勘吾のもとへ八十八が来た。行先は知ってのとおり蝦夷だ。箱館へ行くらしい。幕府の軍艦に乗って行くんだ」

「蟻さんよ、後五日で出発することになったよ。

勘吾は慌てた。

「や、八十八、と、当然、わ、わしも、つ、連れていって、く、来れるんやろな」

「蟻さん、もういいんと違うか。その体では戦は出来ないだろう。ここいらへんで離れたらいいよ。今までお互い死にもせずよく戦って来たよな。箱館でも大きな戦になる。せっかく永らえた命じゃないか。大事にしたらどうだい」

冗談ではないと勘吾は思った。

ここで離脱したら、今まで命を懸けて戦ってきたのが無駄になる。

「や、八十八よ、わ、わしは、り、理不尽とた、戦って、お、おるんじゃ。あ、相手は、薩長じゃが、あ、あいつらは、理不尽の、だ、代表じゃ。あ、あいつらに、ぶ、武士の、ま、誠はないんじゃ。わ、わしは、し、死ぬまで、ぶ、武士のま、誠を、み、見せつけて、や、やるんじゃ。や、八十八、わしも、つ、連れて、い、行け」

勘吾の目が血走っている。言葉を詰まらせながらも有無を言わさない迫力で八十八に迫った。

八十八は天を仰いで嘆息した。

「本当にしょうがないなあ。蟻さん、おれは決めた。蟻さんと一緒に蝦夷地で華々しく死んでやろうぜ。考えてみればおれたちは、新選組の一番古い隊士になってしまったよな。いつも蟻さんと一緒だったよなあ。今度も一緒だな」

勘吾の目から涙が溢れた。

「そ、そうじゃ、わ、わしと、や、八十八は、は、離れられんのじゃ。よう、お、覚えとかんかい」

八十八が笑った。だが急に真面目な顔になって言う。

「蟻さん、沖田さんが七月に死んだそうだ。幕艦に乗って来た人から聞いたんだ。江戸の千駄ヶ谷で姉上に看取られながら息を引き取ったみたいだ。辛いよなあ」

勘吾は宙を見つめていた。入隊の時の試技で立ち会った際のことが思い出された。沖田の目にも止まらぬ突きで自分は気を失った。あの時の記憶は今でも鮮明だ。新選組一の遣い手で、普段は穏やかというか、話をしていて和まされる独特の雰囲気を持っていた。ところがいざ立ち合いとなると、まるで鬼のようだった。市中取り締まりでは、一番隊の隊長でいつも先頭を切って斬り込んだ。あの勇姿はもう見られないのか。戦い続けたかっただろうに、労咳《ろうがい》（結核）で死ぬとは悔しかっただろう。勘吾は瞑目した。

（わしももうすぐ死ぬ。ちょっと時が遅くなるだけじゃ）

そう思ったら妙にサバサバしてきた。勘吾の今の望みは戦いで死ぬことだ。最後の時くらい、自分の思い通りにしてもいいだろう。少しくらいの怪我で病院送りなどされてたまるか。這ってでも戦場へ行くぞ。勘吾は体中に気が充ちてくるのを感じた。

十月十七日、旧幕軍は陸路を出発した。松島を経て折浜《おりはま》（石巻）まで行き、そこに停泊していた幕艦大江丸に乗船した。榎本艦隊は回天、開陽、大江、蟠龍、神速《しんそく》、長鯨《ちょうげい》、鳳凰《ほうおう》の七隻である。このうち大江と鳳凰は幕府が仙台藩に貸与していた艦であり、艦隊が仙台に寄港したのはその二隻を徴発するためだった。というより、東奥列藩同盟の中心である仙台藩が榎本艦隊に援軍を要請していたのだが、新政府軍に仙台藩が寝返ってしまった。それに怒った榎本が二隻を取り上げてしまったということだ。旧幕軍側は旗色が悪い。昨日の友は今日の敵という現象が至る所に現れている。勘吾は艦隊が蝦夷地に到着するまでの九日間、船内で十分な休息と手当てを受けた。少しは歩くことが出来るようになっていた。

「や、八十八よ、な、何とか、い、戦が出来そうやぞ」

八十八は笑いながら、

「蟻さんは不死身だな。うまいこと戦に間に合わせる」

と言ったかと思うと、急に声を潜めた。

「どうも榎本総裁は蝦夷を独立国にしたいらしい。これだけの軍艦があれば新政府軍の上陸を阻止できそうな気もするが、そうは甘くねえよな。向こうだって軍艦をいっぱい持っているんだ。別に箱館だけに上陸しなくてもいいんだぜ。兵の数と武器の数に差があり過ぎる。独立国という響きは大きな期待を感じさせるが、おれに言わせたらまあ妄想の類だな。それでもその妄想に気持ちを高ぶらせるのは悪くないよ。そう思って士気を高めなきゃ、やってられねえよな」

勘吾も八十八と同じ気持ちだ。というより榎本総裁が本気で言っているのか疑わしい。士気を高める方策ではないか。勘吾は鳥羽伏見以来各地を転戦してきて、勇ましい口説と実態の乖離が大きいことを、身を持って経験している。不利な状況で戦況を挽回するためには、緻密な作戦と統制のとれた軍事行動が必要だ。

何に増してもそれを指揮できる有能な人物が不可欠である。当然作戦を後押しする武器などの物量がいる。勘吾は土方ならば全軍を統率できる有能さを持っていると思う。しかしみんなその実力は認めているが、土方の身分が元百姓ということで素直に従わない者が多い。これは勘吾が新選組でいつも直面した大きな壁だった。幕府方諸藩の藩士たちの中に、新選組と聞いたら露骨に顔を背ける者が多くいた。この身分意識は、徳川政権下で沁み込んだ澱《おり》のようなものだった。最後の戦いになるかもしれない箱館においても、その意識が障害となるだろう。

（この期に及んでも素直になれんのか、どうしようもないのう）

勘吾は悲観的だったが、とにかく必死で戦うしかない。

自分にはそれしか残っていない。

五稜郭

十月二十六日、艦隊は鷲ノ木《わしのき》沖（北海道茅部郡森町）に姿を現した。上陸した旧幕軍兵は約二千二百名。二隊が別路で箱館に向かって進軍した。海岸線を南下して川汲《かっくみ》（茅部郡南茅部町）から峠越えの道を一隊を率いていたのが土方だった。勘吾も八十八もその隊にいる。川汲では箱館府の守兵と銃撃戦があったが、相手があっさりと逃げてしまった。

十月三十一日、旧幕軍は五稜郭に入城した。箱館府兵と駐留していた弘前、越前大野、備後福山の藩兵は船で青森へ逃げた。

「蟻さんよ、おれたちは城持ちになったぜ。この五稜郭というのは変な形をしているが、おれはいいと思うな。何となく守りやすそうだ。さあ今から本番だよ。まず松前藩だが、その後ろからうじゃうじゃと新政府軍が来るぜ」

勘吾にとっては、城持ちだろうがなかろうがどうでもよい。心行くまで戦えればいいのだ。この地が死に場所と思えば腹が据わってくる。

土方は松前藩と交渉した。戦わず降伏して欲しい、命は保障する、全員船で青森へ送り届けるといった内容だ。土方としては大挙して迫っている新政府軍に対応したいのだ。ここで兵や弾薬を消耗したくない。しかし松前藩が戦端《せんたん》を開いたため、三日後には松前城の攻略にかかった。松前藩は頑強に抵抗したが、土方隊が城の裏側から石垣を登り城中へ潜入した。そこで一斉に銃を放った。勘吾も八十八も撃ちまくった。たまらず松前藩は城に火をつけて敗走した。すぐ江差方《えさし》面に逃走した松前藩士の追討に移った。

江差に着いたが、敵の姿は全く見当たらなかった。さらに北方の熊石まで逃げていたのだ。江差で土方らが見たのは、味方の最新鋭艦、開陽の座礁だった。冬の早い蝦夷地の暴風雪が襲い、乗組員が冬の海に不慣れなせいもあり波浪に弄ばれてしまったのだ。開陽は海上からの艦砲射撃で陸上部隊を援護するために江差沖に来ていたが、波が高くとても射撃にならなかった。開陽は一艦で津軽海峡の制海権を握るほどの性能をもっていた。それがあっという間に失われてしまった。旧幕軍は大きな戦力を失った。もし開陽が活躍すれば、新政府軍もなかなか蝦夷地へ近づくことが出来なかっただろう。榎本以下幹部たちは衝撃を受けた。

「蟻さんよ、やっぱり弱り目に祟り目だな。まさかあの大きな軍艦が簡単になくなってしまうとは誰も思わないもんな。まあ長くなれば弾薬もなくなるよ。時間稼ぎが出来るだけの話だ。これで陸上の戦いになる。やってやろうぜ」

「そ、そうやな、こ、こちらには、ひ、土方さんが居る。あ、あの人と、い、一緒やったら、お、大暴れできそうな、き、気がするわい」

旧幕軍はこの後、箱館政府を樹立する。土方は陸軍奉行並箱館市中取締り裁判局頭取という役職に就く。大鳥圭介が陸軍奉行だからほぼ同等と言える。閣僚が集まって祝宴が催されたが、土方は、

「今は酒を飲んで浮かれている場合じゃねえぞ」

と言って一人憮然としていた。当たり前の話だ。新政府軍が大挙して押しかけようとしている時に祝宴も何もない。大戦力になる開陽は失われているのである。八十八が憤る。

「箱館政府とか言ってるけど、あいつらは馬鹿なのか。兵の数や武器も圧倒的に足りないではないか。補給を充分にするために、誰かが密かに裏で動いておるのか。土方さんに聞いたら一言、『知らん!』と言って吐き捨てたよ。閣僚の土方さんが怒ってるくらいだから、何もしていないんだろうよ。蝦夷を独立させたいのなら必死に戦略を考えなきゃならないだろう。それとも壊滅は免れないとして、束の間の独立国ごっこを楽しんでいやがるのか」

勘吾は天を仰いだ。やることなすことが裏目だ。五稜郭にいる人たちで、決死の思いで最後まで戦おうとしている人がどのくらいいるのだろうか。箱館が落ちたらもう行く所はない。まさか外国へ逃げようと思っているのか。

ありえないことに慣れてしまっている勘吾は、最後のあり得ないことが起こるような気がしている。最後に五稜郭は降伏するのではないかということだ。もしそんなことになれば、死に遅れたことになる。自分は命を懸けて戦ってきた。いつ死んでもおかしくなかったのに、生き残って箱館まで来た。最後まで踊れと仏が後押ししてくれているような気持ちになっている。ここで死なずに生き残り、捕らえられて処刑されるという恥さらしなことは絶対にしたくない。ありがたいことに、戦いの場はこれからだ。

「や、八十八よ、わ、わしの死に場所の、こ、候補地が、い、いっぱいある。どこに、し、しようかのう」

「そうさなあ、後世に伝えられるほどの戦場がいいなあ。そこに当たるかどうかは運次第だ」

死に場所が決まる運というものがあるのかな、と勘吾は少し可笑しく思った。負傷は少しずつ快方へ向かっているようだった。もう自分でも歩くことが出来、身の回りのことも出来るようになった。だがまだ不調が続いていた。

年が明けて明治二年（一八六九年）になった。

蝦夷地は雪に埋もれ、箱館も数十センチの雪が積もっている。蝦夷地の冬が新政府軍の進軍を阻んでいた。

（さすが蝦夷だ、毎日雪が降る。京も雪が降るけど、全然違うのう。とにかく寒いわ。ほんまに

こたえるわい）

と思っていると、ある日勘吾は意識を失った。

どうも、よくなっていると思っていた傷が悪化したようだ。箱館病院で治療中の勘吾を隊士たちが宿舎へ引き取った。事実、勘吾は危篤状態だった。だから病院ではなく新選組の隊舎で看取ってやろうという隊士たちの恩情だった。だが勘吾は甦った。その後医者も驚くほどの回復力を見せた。

「蟻さんは運があるらしい。おれはてっきり、蟻さんはここが死に場所になると思っていたよ。ところが地獄から帰って来るもんなあ。驚いたよ。蟻さんにはきっといい死に場所を運が与えてくれるな」

そう感心しきりの八十八に、

（あたりまえやろうが。わしは仏さんに生かされとるんじゃ。戦って死ぬことになっとるんじゃ。こんな所で死ねるか）

と、勘吾は静かにふて腐れていた。

宮古湾海戦

三月雪どけの頃、新政府軍の艦船が宮古湾に停泊中との知らせが入った。艦船は五隻、そのうち二隻が甲鉄船ということだった。五稜郭ではその甲鉄船を拿捕しようという作戦が決められた。三月二十五日、回天、蟠龍、高雄の三隻が宮古湾へ向かった。宮古湾の新政府軍は油断し切っており、艦船の窯の火は落とされ、乗員のほとんどは上陸していたのである。

本来ならば作戦はうまく行くはずだったが、いたるところで齟齬が生じる。まず暴風雨で蟠龍が流されて行方不明となった。高雄は機関故障で速力が全く出ない。仕方ないので回天一隻で宮古湾へ侵入した。回天が甲鉄船に接舷して斬り込む予定だったが、回天は外輪船のため船首しか接舷できない。接舷箇所が狭いため斬り込み隊が一斉に乗り移れない。手間取っているうちに一斉射撃を受け混乱した。態勢を立て直した各艦船から回天は砲撃を受けた。回天艦長の甲賀源吾が銃弾を受けて戦死。結局十三名の戦死者を出して回天は敗走した。戦闘時間はわずか二十分だった。回天は途中蟠龍と合流して箱館へ戻った。高雄は速力が出ず、やむなく自沈した。八十八の言う、弱り目に祟り目だ。何をやってもうまく行かない。箱館政府は運に見放されたまま、

「箱館戦争」へと突入する。

箱館戦争

四月九日、軍艦四隻に乗船した新政府軍千八百名が江差乙部《おとべ》へ上陸した。上陸後、新政府軍は二隊に分かれ、江差から松前を経て海岸線を箱館に向かう松前口と、江差から直線的に内陸部を横断する二股口へ進軍した。この時勘吾ら新選組は、箱館山背面の寒川と山背泊《やませどまり》、箱館山山上の十番観音、沖之口運上所に布陣していた。勘吾と八十八は山上十番観音に就いていた。戦闘が始まったのは二股口の方だった。ここは土方が隊を率いて二股口の台場山に陣地を築いていた。ここで押し寄せた新政府軍と十六時間の戦闘の結果、新政府軍を退却させるという戦果をあげた。

五稜郭からの援軍と交代して休息した小隊と共に、土方は詳しい打ち合わせのため五稜郭に戻った。この時に八十八が勘吾と一緒にいた十番観音から呼び戻された。部屋に入ると土方と市村鉄之助がいる。市村は土方の小姓的役割でずっと付き添っている。

「土方さん、鉄さんも、何事ですか」

「八十八よ、鉄之助を日野まで無事に送ってやってくれんか」

言われた八十八は何が何だかわからない。黙っていると、土方が言葉を続ける。

「今、鉄之助におれの形見を渡した。写真と少しの髪の毛だ。それを実家まで届けてくれと頼んである。鉄之助はまだ十六だ。途中何かあってもいかんので、八十八が面倒を見て欲しいんだ。ここに刀が二振りある。路銀が尽きたらこの刀を売って金に換えて貰いたい。やってくれるか」

八十八が気色ばんだ。

「ちょ、ちょっと待ってください。私に戦場を離れろというんですか。どうしてですか。私には納得できません」

土方は上目遣いに八十八を見て、

「おまえ、この前手紙を見て泣いていたよな。京に残してきた家族からだろう。手紙を放ったらかしにしていたので、失礼ながら読ませてもらった。実に胸を打たれる内容だったよ。何と言うか、親愛と哀切の情がもろにおれの心に響いてきた。娘が生まれているそうじゃないか。あんな愛しい家族を放っておいて先に死ぬのは、自分勝手じゃないかね。

おまえはあの日、みんなに隠れてずっと泣いていたよな。おれは知ってたよ。だけどな、大事な戦を前に離脱するのを卑怯だと思うのだろうがそれは違うぞ。おれは八十八が誰にもまして勇敢だということは十分に承知している。新選組に入隊して以来、決して裏切らず後ろを見せず、ただ一念に働いてきたのを見てきたぞ。おまえは心から信頼できる同志だ。だから鉄之助を頼むんだ。おまえは蟻さんと同じ最古参の隊士だ。よくやってくれたよ。おまえの働きは十分だ。もうここいらへんで家族のために生きてみないか。だれも八十八を恨む者はいないよ」

八十八がきっとした顔で何か言おうとした時、土方の大声が響いた。

「山野八十八、日野までの任務を命ずる！」

土方はさっと立ち上がり、振り返ることもせず足早に去って行った。それが、八十八が見た土方の最後の姿だった。八十八と鉄之助には、箱館港に停泊中の外国船に乗る手はずが整えられていた。時間があまりないと言う。八十八は焦った。

（蟻さんに会わなければ……）

必死で箱館山山上まで駆け付けた。その様子を見た勘吾は何が起きたのかと首を捻った。

「蟻さん、おれは箱館を出ることになった」

（何を言うとるんや）

勘吾は頭が付いて行かない。八十八は土方から命令されたことを話した。勘吾の顔が紅潮してきた。八十八は勘吾に罵倒されると思った。しかし違った。勘吾は優しい笑みを浮かべて言った。

「や、八十八、長い、つ、付き合いやったのう。い、一緒に、やれて、嬉しかった。家族を、大事にせえよ。武士は、き、厳しさだけでは、な、ないんじゃ。優しさも、い、いるんじゃ。武士の情けと、い、言うやろうが」

八十八は声をあげて泣いた。いつも土方に一言返してきた自分が、こんな大事な時に腹が据わらず躊躇している間に命令されてしまった。そんな命令など無視しても良いとは思うのだが、どこか決心しきれない。何と言うことだ。しかしその命令を覆そうとする気力が起こって来ない。今までの自分の意気地は何だったんだ。それでも志乃と娘に会えるという気持ちが湧いて来る。八十八は頭を抱えたい気分だった。そんな八十八に勘吾は、

「や、八十八は、り、立派な武士じゃ。だ、誰が見ても、そ、そう思うやろう。さ、最後の、に、任務や。な、為し遂げてこいや。き、気をつけてな」

八十八は泣きながら山を下りて行った。

(蟻さん、ありがとう。蟻さん、ありがとう)

と心の中で繰り返していた。八十八は箱館を去った。鉄之助を無事に日野まで送り届けた後、刀を売った金で再び外国船に乗せてもらい、大坂を経て京に帰った。

さて勘吾である。十番観音で守備に就いている。

(ここがわしの死に場所やなあ)

と妙に悟っていた。八十八と違って自分には守るべき人はいない。

(もしツネがわしを待っておるとしたら、どうやろうか)

勘吾はツネを心底愛していたと言ってよい。その証拠にツネが死んだ後でも他の女に全く目が

向かなかった。勘吾はそれが当たり前だと思っていた。しかし男としてそれは変だ。男というものは愛する女がいても他の女に目が向くものだから。それだけツネは勘吾に強烈な楔を打ち込んだのだ。そのツネが勘吾を待っているとしたら、武士として堂々と戦って死んでやると思い続けることが出来るだろうか。勘吾は自信が持てないと思った。絶対に後ろ髪を引かれる。もしかしたら勝手に戦場を離脱するかもしれない。しかし今は、勘吾にはそんな存在はいない。だから武士として死ぬなどと大見得を切れるのかもしれない。

（八十八はずっと後ろ髪を引かれていたんやろうなあ）

八十八は仙台に着いた時、文を京の志乃に送っていたのである。蝦夷地へ行くという伝言だった。返事は半ば諦め、半ば期待していた。それが箱館で返事が届いた。北前船の船乗りが届けてくれた。八十八の心は踊った。だがもう会うことは出来そうもない。心が踊った後、大いに乱れた。そこを土方に突かれた。

不覚なのか渡りに船なのか――八十八は考える暇もなく、土方に強く命令されてしまったのである。

（土方さんもやるのう）

勘吾は嬉しくなった。土方は潔い武士だ。身分など関係ない。要は武士の心だ。勘吾は、父親の勇之進から「卑怯なことはするな、常に潔くあれ」と言われ続けた言葉を思い出した。あの言葉は武士というより、この世に生きる人間としての心構えなのだと、今にして思う。

箱館山の青空

再度、二股口の台場では戦闘が行われた。箱館軍の指揮は当然に土方である。新政府軍は圧倒的物量にものを言わせたが、ついに突破できなかった。しかし二股口の戦闘は終了する。松前口が突破されて、五稜郭と二股口を結ぶ補給路が断たれてしまう恐れが出てきた。五稜郭の榎本は土方に撤退を命令した。いよいよ箱館決戦である。新政府軍は蟻の群れのように押し寄せて来ている。

明治二年（一八六九年）五月十一日、観音十番の山上から新政府軍の様子がよく見える。勘吾は寒川から山を登ってくる新政府軍の兵たちを乱射した。しかし新政府軍は海上の軍艦からの砲撃の援護をもらい、続々と山上に迫る。小銃の弾が雨あられと飛んでくる。勘吾は弾に当たらないよう、出来るだけ身を伏せて反撃していた。勘吾は知らない。この日の午前に土方歳三が一本木関門で壮烈な戦死を遂げていたことを。土方は奮戦しているはずだと勘吾は思い込んでいた。必死になって銃を撃ち続けていた。ふと周りを見ると、応戦しているはずの味方兵がほとんどいなくなっている。勘吾は可笑しくなった。

(今度こそ、最後のあり得ないじゃ)

敵の銃撃が少し止んだ。勘吾は顔を上げた。敵が見えない。上半身を上げた。突如数発の弾が胸を貫いた。勘吾は仰向けに倒れた。もう動くことが出来ない。

(こらもういかんのう。仏さんも手のひらでわしを踊らせるのを終わりにするみたいやな。わしも疲れたわい。早ようあの世へ行って、ツネとまたうどんを作ろうかのう)

箱館の青空が目に入った。気持ち良いほど澄んだ青色だ。どこか懐かしさを覚える。

(なんじゃあ、高松の空とよう似とるのう)

空の青に見入った勘吾の目に白刃が光った。それも一瞬だった。敵が目の前にいたのだ。勘吾の首は落とされて斜面を転がっていった。

明治二年五月十一日、蟻通勘吾、箱館山にて戦死。享年三十一歳。

新政府軍は箱館山を占領した後、そのまま五稜郭方面へ慌ただしく陣を進めていった。箱館山は静寂が戻り、勘吾の遺体は打ち捨てられ放っておかれたままだ。

いつのまにか、まるで浄土を想わせるようなまばゆい鮮やかな朱色の夕日が箱館山を包んでいた。勘吾は妙な縁で新選組が浪士組と呼ばれた頃に入隊した最古参隊士だった。そして終始平隊士だった。武士に憧れ、武士道に生きようとして、現実との狭間にもがく人生だった。

箱館戦争は五稜郭の降伏で終わり、「戊辰戦争」が全て終結した。明治新政府になって武士の世も終わった。政府は維新の原動力となった攘夷をいとも簡単に捨て、なりふり構わない欧化政策に走り出した。そして「版籍奉還」、「廃刀令」で武士政権と武士そのものの存在を無くしてしまった。こんなはずではなかった、と武士階級がほぞをかんだ時にはもう遅過ぎた。身分に安住できる時代は過ぎ去った。逆に言えば武士道の精神が試される時代が来たとも言える。

勘吾は武士道を生きようとした。武士の世が終わるなどとは思ってもいなかったが、あり得ないことの連続は起こると思っていた。そのあり得ないことの理不尽さに己の節を曲げず、敢然として挑み、一度も隊を外れることなく戦い抜いて散っていった最古参の新選組の隊士だった。


〈了〉

著者プロフィール

さんなみ 一郎（さんなみ いちろう）

1953年生まれ。
香川県出身。
明治大学卒業後、香川県警察官として勤務。
退職後、香川県に縁のある歴史人物の小説を書き始める。

最古参の新選組隊士

2025年2月15日　初版第1刷発行

著　者　さんなみ 一郎
発行者　瓜谷 綱延
発行所　株式会社文芸社
〒160-0022　東京都新宿区新宿1－10－1
電話　03-5369-3060（代表）
03-5369-2299（販売）

印刷所　株式会社エーヴィスシステムズ

ISBN978-4-286-26222-2